Mauvais rêves

Anne Fine

Mauvais rêves

Traduit de l'anglais par
Tessa Brisac

Neuf
l'école des loisirs
11, rue de Sèvres, Paris 6e

Du même auteur

collection Mouche
Un ange à la récré
Journal d'un chat assassin
Louis le bavard
Radio Maman
Assis ! Debout ! Couché !

collection Neuf
Un bon début dans la vie
Comment écrire comme un cochon
La crêpe des champs
Le jeu des sept familles
Ma mère est impossible
La nouvelle robe de Bill
Tous des menteurs

collection Médium
Bébé de farine
Madame Doubtfire
Mon amitié avec Tulipe
SOS Mamie
La guerre sous mon toit

Titre original : « Bad dreams »
(Doubleday, Londres)
Loi n° 49.956 du 16 juillet 1949 sur les publications destinées à la jeunesse : septembre 2001
Dépôt légal : novembre 2002
Imprimé en France par Bussière Camedan Imprimeries à Saint-Amand-Montrond
N° d'édit. : 4492. N° d'impr. : 024805/1.

Pour Jon Appleton sans qui…

Chapitre Premier

Ça me tracassait un peu, mais pas tant que ça. M. Hooper, pourtant, l'a tout de suite remarqué.

– Eh bien, Mel ? Un souci partagé se fait plus léger, a-t-il proposé.

J'ai secoué la tête.

– Non. Merci, mais c'est trop personnel.

– Écris-le, alors. Quand quelque chose te tarabuste, jette-le sur le papier, ça aide toujours.

J'ai regardé les livres qui couvraient les murs autour de nous, les étagères qui grimpaient jusqu'au plafond.

– Tous ces livres, ils ont été écrits pour cette raison, vous croyez ?

– Plus d'un, sûrement. Faux noms, histoires vraies, et direct en librairie. Essaye... Je réserve un exemplaire !

Il est sorti en riant et je me suis assise pour réfléchir à son idée.

Pourquoi pas ? Je ne suis pas mauvaise pour les histoires. Je pourrais appeler ça *Mauvais rêves*. Ou, peut-être, *Imogène imagine* ? Finalement, c'est l'histoire d'Imogène, de son arrivée dans notre école et de la frousse qu'elle nous donnait à tous, et spécialement à moi, avec ses bizarreries et ses idées horribles.

Tout a commencé comme ça. Elle a débarqué un matin après la récréation, au milieu du dernier trimestre. Mme Trent a frappé à la porte de la classe, l'a ouverte, a poussé Imogène vers le bureau et a filé aussitôt.

M. Hooper a échangé trois mots avec elle au tableau, pas plus, puis il s'est tourné vers nous.

– Les enfants, je vous présente Imogène Tate, qui nous arrive d'une autre école.

Elle avait l'air gênée, toute la classe la regardait. Elle portait déjà le sinistre uniforme de l'école, les cheveux attachés par deux élastiques. Elle n'avait absolument rien d'extraordinaire; pourtant, quand le maître a demandé quelqu'un pour s'occuper d'elle la première semaine, presque tout le monde a levé la main en même temps.

Mais M. Hooper a dit:

– Et ce sera... Mélanie!

Je n'en croyais pas mes oreilles.

– Moi?

– Oui. Pourquoi?

– Mais je n'ai pas levé la main, moi!

– Aucune importance. Ce sera excellent pour toi d'avoir une voisine à la place de cette chaise vide.

Ce n'était pas mon avis, mais bon.

Il faut peut-être que je m'explique? Voilà: je suis le rat de bibliothèque de la classe. Je ne me mêle pas beaucoup aux autres parce que je préfère lire. Depuis ma première année d'école, tous les maîtres s'inquiètent pour moi. L'un après l'autre, ils ont essayé de m'arracher à mes livres et de me faire, comme ils disent, participer.

Mais moi, je préfère lire, point final.

Seulement, on ne peut pas envoyer bouler une nouvelle qui vient d'arriver et qui tremble encore. J'ai donc tapoté la chaise vide à côté de moi et Imogène est venue s'asseoir. Pendant qu'elle déballait ses feutres et ses crayons dans le casier, j'ai réussi à trouver un truc gentil à dire :

– Il est joli, ton collier. C'est de l'or ?

Elle a fait oui de la tête, timidement.

– Du vrai or ?

– Oui. Il était à ma grand-mère, qui l'a transmis à ma mère, et maintenant c'est mon tour.

J'ai observé le collier de plus près. C'était une chaînette gravée d'étranges petites marques et qui semblait si fine et souple qu'elle devait tenir dans le creux de la main.

– Quelle chance tu as ! ai-je dit, cherchant toujours à lui faire plaisir. Moi, personne ne me repassera jamais rien d'extraordinaire, ça, c'est sûr !

Visiblement, ces mots lui ont rappelé quelque chose : elle s'est soudain arrêtée de ranger et a relevé la tête.

– Alors, c'est peut-être toi qui as de la chance, m'a-t-elle dit doucement.

Je n'ai pas compris.

– Qu'est-ce que tu veux dire ?

Pas de réponse. D'ailleurs, elle n'a pratiquement plus dit un mot, à part des trucs du genre : « J'écris ça dans le cahier rouge ? » ou : « Il faut faire l'exercice au stylo ou au crayon ? » ou : « Tu peux me prêter ta règle ? »

Je suis sûre qu'elle n'avait même pas remarqué que ses paroles continuaient de me trotter dans la tête. Comme le premier indice dans un livre. Qui vous saute aux yeux immédiatement. Et celui-là était vraiment bizarre.

Chapitre Deux

Elle n'était pas bonne en classe. Visiblement, M. Hooper était sidéré de la voir rater aussi complètement toutes les évaluations qu'il lui faisait passer. Mais il l'a quand même nommée coresponsable, avec moi, de la bibliothèque. Avec cette explication :

– Puisque c'est Mellie qui s'occupe de te piloter...

– Je suis obligée ? a demandé Imogène. Parce que je déteste les livres.

Ça, c'était le comble.

– C'est vrai ? Tu détestes les livres ? Sans blague ?

Elle a rougi.

– Je veux dire, je ne les aime pas trop.

Qu'est-ce que je pouvais dire ? Les livres, c'est ce que je préfère au monde. Si je pouvais, je ne viendrais pas à l'école du tout, je passerais ma vie à lire. « Va jouer dehors, me répète ma mère. Il fait un temps magnifique, profite du bon air. »

Mais moi, j'aime mieux rester dans ma chambre et lire l'histoire d'enfants qui vont jouer dehors. C'est ce que j'ai dit à Imogène :

– On n'est vraiment pas pareilles, alors, toi et moi. Tu connais ces vieux albums de Noël tout usés qu'on trouve dans les ventes de charité, ceux où on voit une petite fille sur la couverture qui lit un livre identique avec la même petite fille qui lit sur la couverture, et ainsi de suite de plus en plus petit, comme des poupées russes, jusqu'à ce que la petite fille soit trop petite pour qu'on puisse la distinguer ?

– Oui, j'en ai déjà vu.

– Eh bien, ça, c'est moi ! C'est ce que je voudrais être, la petite fille de la couverture qui lit dans toutes les autres vies.

Là, c'était son tour de me regarder comme si j'étais cinglée.

– Tu parles sérieusement ?

– Oui. Si je pouvais être quelqu'un d'autre, c'est elle que je voudrais être !

Bref, je lui ai montré comment se servir du fichier pour le coin bibliothèque de la classe. Je lui ai appris à marquer les livres empruntés et à savoir, d'après la couleur de l'étiquette collée sur la tranche, s'il fallait replacer les livres rendus sur l'étagère « Anthologies », « Poésie », ou « Projets de classe ».

Elle avait une drôle de façon de tenir les livres, du bout des doigts, comme s'ils allaient la brûler. Au bout d'un moment, je lui ai demandé, pour plaisanter :

– Vous n'aviez pas de livres, dans ton ancienne école ?

– Oh, si, a-t-elle dit avec une grimace, bien sûr. Seulement, je n'étais presque jamais forcée de m'en approcher.

Drôle de réponse. Et, au moment où je

me disais : « Pas étonnant qu'elle travaille si mal en classe », je l'ai soudain vue sursauter.

– Oh ! a-t-elle crié, surprise.

– Qu'est-ce qui t'arrive ?

– Non, rien.

Je voyais bien, pourtant, qu'elle regardait fixement un livre qu'elle venait de déplacer et faisait attention de ne plus y toucher.

– C'est ce livre-là ? C'est lui qui te bouleverse comme ça ?

– Ne dis pas de bêtises.

Mais, aucun doute, elle avait rougi jusqu'aux cheveux.

Je ne suis pas idiote. Je l'ai surveillée du coin de l'œil. À peine cinq minutes plus tard, ça a recommencé. Imogène avait attrapé un autre livre et l'a lâché comme s'il l'avait mordue. Comme s'il était chauffé à blanc.

– Qu'est-ce qu'il y a ? ai-je redemandé.

– Rien.

À mon avis, si quelqu'un raconte des salades, il doit s'attendre à ce qu'on l'aie à l'œil pour essayer d'en savoir plus. Aussi quand, un peu plus tard, M. Hooper est passé devant elle sans un mot, je n'ai pas perdu une miette de la scène : le maître a quand même remarqué son air de « nouvelle » affolée et a dû se sentir un peu coupable parce qu'il s'est arrêté et lui a collé dans les mains le livre qu'il avait sous le bras.

– Tiens, Imogène. Tu dis que tu n'aimes pas les livres ? Essaye donc celui-ci. *Le Jeu de Violette.* Mellie dit qu'il est passionnant. C'est l'histoire d'une petite fille, Violette, celle que tu vois caresser un chaton sur la couverture. Et elle...

Il s'est arrêté net en voyant Imogène reculer d'un bond.

– Oh, non ! Ce n'est pas un livre pour moi ! Je ne supporte pas les histoires d'animaux blessés !

M. Hooper parut un peu étonné.

– Excuse-moi, je ne pensais pas que tu le connaissais déjà.

– Oh non, mais…

Imogène a secoué la tête et s'est interrompue, embarrassée.

M. Hooper aussi avait l'air embêté. Bien sûr, on venait juste de recevoir *Le Jeu de Violette* pour la bibliothèque de la classe, mais Imogène pouvait parfaitement l'avoir lu avant, dans son ancienne école.

– Enfin, au moins, il finit bien, lui a rappelé M. Hooper.

À cet instant, la cloche a sonné et il a foncé prendre son café.

Il n'y avait donc plus que moi pour voir Imogène passer doucement le doigt sur le chaton de la couverture et pour l'entendre murmurer: « Tant mieux. »

Comme si elle était soulagée d'apprendre la fin. Comme si elle la découvrait.

Chapitre Trois

Peut-être qu'après cet épisode, elle s'est méfiée. Je ne sais pas. Quand on ne sait pas au juste ce qu'on cherche, c'est parfois difficile de savoir ce qu'on a vu. En tout cas, elle se conduisait assez normalement. Je l'ai bien entendue haleter une fois ou deux, mais l'étagère du haut est vraiment haute et c'est fatigant d'y remettre les bouquins en place après la récréation.

De toute façon, son problème avec les livres me tracassait. Alors, chaque fois que je tombais sur un de mes livres préférés, je le lui montrais en lui demandant si elle l'avait lu.

Elle répondait d'un signe de tête. Oui, de haut en bas. Ou non, de droite à gauche. Mais pas une fois elle ne s'est exclamée, comme tout le monde dans ces cas-là : « Oh oui ! Tu te rappelles le moment où sa tête se dévisse et où on découvre que c'est un extraterrestre, c'est génial ! » Ou : « Je déteste l'horrible vieille dame. J'étais sûre depuis le début qu'elle allait essayer de leur tendre un piège ! » Ou alors : « Tu n'as pas pleuré, quand le chien meurt ? Moi, je ne pouvais plus m'arrêter, mon père a dû me faire un thé pour me consoler. »

Non, elle prenait un air fermé, comme les gens qui croisent un quêteur dans la rue et essayent de ne pas le voir, et elle répondait à peine, juste pour se débarrasser de moi.

– Je crois que je l'ai lu, oui.

– Mais tu t'en souviens forcément !

Alors elle essayait de changer de sujet. Presque personne n'avait mis le pied à la bibliothèque depuis des jours, mais elle était soudain débordée et entièrement absorbée par une question urgente :

– Ce livre-là, je le range à sa place, ou on

le met de côté pour le prochain travail de groupe ?

Pas la peine d'insister.

Pourtant, le lendemain, quand j'ai mis sous le nez d'Imogène un de mes livres préférés, je suis presque certaine de l'avoir vue tressaillir.

– Tu l'as lu, alors ? Tu sais de quoi ça parle…

– Ben, plus ou moins…

– Ne me dis pas que tu ne l'as pas fini ?

Elle secouait la tête d'un air vague. Impossible de dire si c'était un oui ou un non.

– Tu l'as fini ou pas ?

Elle n'a pas répondu. Elle a préféré poser une question :

– Qu'est-ce que tu voulais me dire, au fait, à propos de ce livre ?

– Non, rien, ai-je grommelé, et je me suis remise à mon classement.

Décidément, ça ne servait à rien d'essayer de parler de livres avec Imogène. Je veux dire, d'habitude, quand quelqu'un d'autre a lu un livre qu'on aime, on ne se lasse pas d'en parler ensemble ; mais où est le plaisir si l'interlocuteur arrête chaque tentative de conversation en regardant ses chaussures et en marmonnant des phrases comme : « Sûrement, si tu le dis. » Ou : « Je ne sais plus, je ne me souviens pas trop. » Ou : « Finalement, ce n'est peut-être pas ce livre-là que j'ai lu. »

Ça m'exaspérait tellement que je suis même allée voir M. Hooper pour protester.

– Pourquoi vous m'avez chargée d'elle ? Elle n'a jamais rien lu, cette fille !

Il a éclaté de rire.

– Mellie, à côté de toi, personne dans cette classe n'a jamais rien lu !

J'ai insisté.

– Non, c'est plus compliqué que ça. Elle dit qu'elle a lu des livres qu'elle n'a sûrement jamais ouverts.

– Tu l'intimides peut-être, a dit M. Hooper.

Et il a conclu fermement :

– Essaye d'être gentille avec elle, Mel. Une semaine, c'est vite passé. Tu n'en mourras pas.

Quand il a vu la tête que je faisais, il a attrapé un gros volume bien épais sur une étagère derrière lui et me l'a tendu.

– Tiens, a-t-il dit en souriant. Pour te consoler de toutes tes misères ! Et pas la peine d'essayer d'en parler avec Imogène, parce que, ce livre-là, tu vas être pratiquement la première au monde à le lire.

– Comment le savez-vous ?

– Parce qu'il vient juste de sortir des presses, a annoncé fièrement M. Hooper. C'est un cadeau personnel de l'éditeur, pour nous remercier de tous les livres que nous avons commandés à la fin du trimestre dernier.

Je l'ai retourné pour voir le titre. *Roche rouge*, d'Alyston Byers. La couverture était un peu nunuche. Une petite fille en tablier bleu qui ramassait des cailloux. Mais il arrive souvent que les meilleurs livres aient les couvertures les plus nulles, alors je l'ai commencé quand même, sous la table, à la fin de l'heure de maths.

C'était formidable. Au début, j'ai cru que ce serait une de ces histoires bourrées de descriptions assommantes. Ça démarrait avec des bancs de brume à n'en plus finir flottant mollement sur une lande pelée et des gens adossés aux portes de cahutes brûlées par le soleil.

Mais, d'un coup, ça se transformait en un super suspense. Une tribu indienne en avait vraiment marre des touristes et de leur manie d'arracher des morceaux de leur célèbre roche rouge sacrée pour les emporter comme souvenirs. Alors, les Indiens jetaient un sort sur tous les morceaux de rocher manquants. Instantanément, dans le monde entier, des rapports commençaient à pleuvoir sur des morts affreuses, des accidents abominables et des maladies terribles, comme si un film d'horreur à vous faire sortir les yeux de la tête passait partout en même temps, mais dans la réalité et pas au cinéma.

Je ne pouvais plus le lâcher, ce livre.

M. Hooper a repris ses couplets habituels :

« Mélanie, dois-je te confisquer ce livre jusqu'à l'heure de la sortie ? »

« Mélanie, j'espère que tu n'es pas en train de bâcler cet exercice pour retourner à ta lecture ? »

« Mélanie, Mme Springer me dit que, pendant sa classe, tu lisais le livre que je t'ai prêté, caché sous ta partition… Qu'est-ce que ça signifie ? »

Mais je ne pouvais pas m'arrêter. Au chapitre où j'en étais arrivée, les gens se bousculaient dans les bureaux de poste pour renvoyer au plus vite leurs morceaux de rocher. Mais une petite fille, celle de la couverture, avait glissé un tout petit éclat de pierre dans la poche de sa jupe sans que ses parents la voient. L'éclat était tombé au fond de sa valise. Et il restait là, ni vu ni connu, pendant que la famille commençait à traverser horreur sur horreur, à cause de la malédiction.

Ce soir-là, à la maison aussi, j'ai eu les problèmes habituels.

« Je te préviens, Mélanie. Dans cinq minutes, j'éteins la lumière. »

« Mélanie, les enfants de ton âge ont encore besoin de dormir, tu sais. »

« Voyons, Mellie, ce n'est pourtant pas si difficile de fermer ce livre et de le finir demain ! »

Mais au bout du compte, le lendemain matin, je suis arrivée à la dernière page. Gordon voulait absolument emprunter le livre tout de suite, alors je suis allée directement faire la fiche et, pendant l'heure de bibliothèque, j'ai posé *Rocher rouge* sur le dessus de la pile, devant Imogène.

– Tu pourrais lui mettre une pastille jaune, s'il te plaît, pour que Gordon puisse le prendre tout à l'heure ?

– D'accord, a dit Imogène en attrapant le livre.

Et, d'un coup, tout le sang s'est retiré de son visage. Je n'en croyais pas mes yeux. J'avais lu cette description je ne sais combien de fois dans des livres, «*ses joues pâlirent*», «*son visage prit la couleur de la cendre*», «*elle devint soudain blanche comme un linge*». Mais jamais, au grand jamais, je n'aurais pu imaginer à quoi cela ressemblait réellement. On aurait dit que quelqu'un l'avait débranchée sans prévenir.

J'ai cru qu'elle allait s'évanouir. Je me suis approchée pour la retenir et c'est uniquement pour ça que j'ai pu l'entendre murmurer à la petite fille de la couverture.

– Non ! Pas ce caillou-là ! Ne ramasse pas celui-là, je t'en supplie !

– Imogène ?

Surprise, elle m'a regardée, le visage encore gris et fripé.

– Oui ?

Elle ne savait pas que je l'avais entendue.

– Non, rien, ai-je murmuré.

Le fait est qu'au moment de lui répondre je n'avais plus rien trouvé à dire, le noir complet.

Mais je pensais à toute vitesse. C'était pourtant certain, elle ne pouvait pas avoir lu ce livre.

Alors, comment faisait-elle pour savoir ce qui allait arriver ?

Chapitre Quatre

Je suis retournée parler à M. Hooper. Comprenez-moi bien. J'adore les histoires de fantômes, d'accord. Je raffole des livres où les gens ont des rêves bizarres et où il se passe des choses étranges.

Mais dans les livres. La vie réelle doit être réelle, en principe, et j'aime bien sentir que le monde est stable et solide autour de moi. Après tout, personne, que je sache, n'a la moindre envie de se retrouver d'un coup pris au piège dans la maison hantée de l'émission de télé, seul entre quatre murs avec une présence invisible, pendant que l'air se congèle petit à petit ! Seulement, j'avais si peur que je m'y suis mal prise. Au lieu de m'expliquer clairement, j'ai juste foncé sur M. Hooper et je lui ai demandé :

– S'il vous plaît, je peux laisser Imogène se débrouiller toute seule, maintenant ? Elle sait se retrouver dans l'école et tout le reste...

Il n'a pas apprécié.

– Mellie, m'a-t-il dit sèchement, je te l'ai confiée pour une semaine. C'est vite passé, je te l'ai déjà dit. Fais un effort et sois gentille avec elle. Ça ne peut pas te faire de mal.

J'avais bien envie de protester : « Et vous, alors ? Vous étiez bien plus sympa avec Jason quand il est arrivé. » Mais il aurait pris ça pour une insolence, alors j'ai laissé tomber. Bon, il n'y avait plus qu'un jour à tenir, je devais pouvoir y arriver.

Ce n'est pas si facile d'être assise à côté de quelqu'un qui lit à travers la couverture des livres. Je ne pouvais quand même pas lui demander carrément : « Tu es sorcière, Imogène ? Tu as une seconde vue ? » À force de réfléchir, j'ai cru avoir trouvé une façon vraiment subtile et polie d'aborder le sujet. En revenant de la cantine, je me suis lancée, l'air dégagé :

– Tu crois, toi, que c'est possible de voir l'avenir ?

Elle s'est tournée vers moi d'un bond :

– Comment ça, voir l'avenir ?

– Tu sais, les boules de cristal et tout ça. Pour savoir d'avance ce qui va arriver.

Là, elle a eu l'air de paniquer.

– Pourquoi tu me demandes ça ? On t'a raconté des trucs sur moi ?

Mon estomac a fait un nœud. De deux choses l'une, ou cette nouvelle se payait ma tête avec un talent invraisemblable, ou alors le monde se dérobait sous mes pieds.

– Attends, Imogène, tu plaisantes, là ?

Elle a compris qu'elle venait de gaffer et a essayé de battre en retraite.

– Bien sûr que je plaisante. C'était une blague.

Mais ça n'arrangeait rien, j'avais toujours

la chair de poule. Parce qu'il n'y avait aucun doute possible : elle mentait.

J'ai regardé autour de nous. Toute la classe était là, dans la cour. Pourquoi fallait-il que ça tombe sur moi ?

– Écoute, Imogène, ai-je démarré. Tu sais que je ne suis chargée de m'occuper de toi que pour cette semaine, on n'est pas collées ensemble à vie. Et c'est le dernier jour de la semaine ; alors, si tu permets, je crois que je vais te laisser maintenant.

Moi, à sa place, j'aurais été peinée, mais elle, ça l'a démolie.

– Mais, Mellie, je croyais qu'on était...

Elle s'est interrompue, les yeux baissés, pendant que le mot « amies » résonnait entre nous deux dans le silence. On aurait dit qu'elle avait reçu une gifle. Je pouvais difficilement faire comme si c'était normal de laisser tomber une nouvelle qu'on vous a confiée à la moitié du dernier jour. D'ailleurs, je déteste mentir. Alors, c'est sorti tout seul.

– Je suis désolée, Imogène. Vraiment. Mais je ne peux pas être ton amie. Tu es trop bizarre. Tu me fais peur.

Si quelqu'un m'avait lancé un truc pareil en pleine figure, j'aurais ouvert des yeux ronds et j'aurais juste dit: «Quoi?» Imogène, elle, n'avait même pas l'air étonnée.

– Bon, a-t-elle dit en se détournant. C'est pas grave.

– Tu comprends?

– Oh, oui. Je comprends.

Là, je me suis sentie mal. Mettez-vous à ma place. Vous venez de refuser d'être amie avec une fille qui a été parfaitement polie, gentille et agréable avec vous, juste parce qu'elle est différente ou qu'elle a un truc qui cloche. Et elle, tranquille, elle dit qu'elle comprend. Vous n'auriez pas envie de disparaître sous terre, vous?

Je l'ai regardée s'éloigner. Elle ne s'est pas retournée. Elle n'a même pas fait semblant d'avoir quelque chose à récupérer au vestiaire.

Elle est allée tout droit vers la zone la plus vide de la cour, pour être seule. J'ai sorti mon livre de mon sac et je suis partie de l'autre côté, vers la bibliothèque.

D'un coup, je me suis dit : « Pauvre Imogène. Maintenant, elle ne peut même plus se réfugier là. »

Et je me suis sentie encore plus moche. Parce que, depuis que je vais à l'école, j'ai toujours profité des coins lecture et des bibliothèques pour me cacher et passer les récréations et les interclasses à lire. Vous savez aussi bien que moi qu'à l'école, être un rat de bibliothèque, c'est comme avoir une coquille. Les autres comprennent tout de suite ce que ça veut dire : « Ne venez pas me déranger. Faites comme si je n'étais pas là. Ne vous en faites pas pour moi, je n'ai besoin de rien, je suis heureuse ainsi. »

Et c'est l'exacte vérité. Vivre une journée entière comme eux tous, ce serait au-dessus de mes forces, je crois. Tout le temps ensemble, tout le temps en train de bavarder, tout le temps en train de plaisanter. Quand quelqu'un leur caresse les cheveux sans demander la permission, ou demande à essayer leurs lunettes, ou les harcèle pendant des heures pour savoir qui est leur chanteur préféré, ça n'a pas l'air de les énerver.

Ils peuvent croiser vingt personnes différentes qui vont l'une après l'autre leur dire un truc qu'ils savent déjà, par exemple : « Tu es enrhumé ! » ou : « Tiens, tu as des chaussures neuves », sans perdre leur bonne humeur. Ça leur est égal.

Je ne sais pas comment ils font. Ça me rendrait folle. Alors, pour moi, priver quelqu'un de la possibilité de s'isoler, spécialement dans le coin lecture, c'est pire que priver un acrobate de son filet !

Je n'aurais pas fait ça à ma pire ennemie. Encore moins à une fille qui ne m'avait jamais rien fait, qui avait toujours été gentille et serviable avec moi.

Je n'avais pas le choix. Je lui ai couru après.

– Imogène ! Attends ! Écoute-moi !

Elle s'est retournée et elle m'a souri. Et voilà.

Chapitre Cinq

Ça devait faire un bail qu'Imogène n'avait pas eu d'amie. Personne ne voulait rester à côté d'elle. C'était la raison pour laquelle, m'a-t-elle raconté, elle avait changé d'école.

Seuls deux ou trois de ses camarades de classe répétaient partout qu'elle était « bizarroïde », c'était à eux qu'elle pensait quand elle m'avait demandé ce qu'on m'avait dit sur elle. Mais tous les autres la maintenaient systématiquement à distance et faisaient des scènes à tout casser si jamais on leur demandait de partager avec elle une table ou un bureau.

– Non ! Même pour les groupes de travail ?

Elle s'est mise à pleurer.

– Oui. C'était horrible.

J'étais désolée pour elle. Finalement, les maîtres l'avaient trouvée si souvent en larmes, seule dans un coin, qu'ils avaient pensé qu'elle devrait essayer de repartir de zéro, dans une autre école.

La nôtre.

Le problème, c'est que tout était en train de recommencer, exactement pareil. À part moi, tout le monde l'évitait. Pas comme quand quelqu'un est mis en quarantaine pour avoir rapporté ou je ne sais quoi. Non, là, ils ne se rendaient même pas compte. Simplement, dès qu'Imogène allait quelque part, tout le monde disparaissait aussitôt.

Et je ne parle pas seulement du coin lecture; en fait, je m'en suis rendu compte un midi, en allant avec elle à la cantine. Au moment de tourner dans le couloir, Paul, qui refaisait ses lacets de tennis devant nous, s'est redressé et à notre approche, il s'est levé pour s'éloigner, sans finir son nœud.

J'ai trouvé ça drôle.

Ensuite, deux filles d'une autre classe qui étaient assises sur le rebord d'une fenêtre à regarder un livre l'ont soudain refermé sans un mot et sont parties. Nous sommes entrées à la cantine et, maintenant que je faisais attention, j'ai réalisé que c'était pareil depuis le début de la semaine : dès qu'on se dirigeait, Imogène et moi, vers une table occupée, tout le monde se mettait à ranger son plateau et en un clin d'œil la table était vide.

Ensuite, comme je revenais seule des toilettes, j'ai croisé Maria et Tasj.

– Ça ne te fait rien, de traîner partout avec elle ? m'a demandé Tasj de but en blanc. Elle me donne la chair de poule, cette fille.

– Oui, elle est trop bizarre, a approuvé Maria.

J'ai essayé de la défendre.

– Non. Pas de problème. On s'entend bien.

Ce qui, visiblement, n'était le cas de personne d'autre. M. Hooper n'était pas le seul à l'éviter. Les autres maîtres aussi semblaient s'écarter à son approche. Cet après-midi-là, en sortant de la classe, j'ai dû attendre Imogène qui fouillait son cartable pour vérifier si elle avait bien pris sa calculette. De l'autre côté du hall, Mlle Harvey et M. Sand vérifiaient quelque chose ensemble sur une carte. Soudain, M. Sand a levé la tête et a commencé à s'agiter. Puis il a dit: «Et si on allait finir ça…» Comme il n'avait pas la moindre idée de l'endroit où aller, il a terminé plus bas, en regardant tout autour: «… Euh… ailleurs?»

J'ai pensé qu'il n'avait aucune chance. Toute l'école sait que Mlle Harvey déteste perdre son temps. En général, elle n'a pas fini d'ouvrir la porte de sa classe qu'elle commence déjà à donner les consignes. Mais là, elle aussi avait soudain l'air un peu tendue, pas très à l'aise. Et tous les deux, la carte à la main, sont partis vers la porte du hall.

Ce qui les éloignait de leurs classes, d'ailleurs.

Et d'Imogène.

Et de moi.

À la fin, même moi, j'ai été forcée de me demander comment je pouvais supporter si tranquillement la compagnie d'une fille qui faisait fuir tout le monde. Je n'ai pas d'explication. Tout ce que je peux dire, c'est qu'à partir du moment où je lui ai couru après, sa présence ne m'a plus jamais dérangée comme elle dérangeait les autres. Plus jamais je n'ai senti le besoin de prendre la fuite. Avec le recul, je me dis que c'était peut-être parce que j'étais la seule à savoir à quoi m'en tenir, à savoir qu'elle avait réellement quelque chose d'étrange. Rien à voir avec ce malaise vague, indéfini, que ressentaient les autres.

Mais, peut-être aussi qu'à force de vivre toujours la tête dans les livres, j'avais pris l'habitude des gens bizarres et qu'ils ne m'inquiétaient plus autant. Finalement, personne ne prendrait la peine d'écrire un roman pour raconter: «Il était une fois une petite fille normale et de toute sa vie il ne lui est jamais rien arrivé d'intéressant.» Et, si quelqu'un l'écrivait, personne ne perdrait son temps à le lire. Vous auriez fini le dernier livre que vous avez lu, vous, s'il avait juste parlé de gens heureux et normaux menant une vie heureuse et normale ?

À trois ans, d'accord. Mais plus maintenant.

Bref, Imogène m'intéressait. Et elle s'est révélée une amie parfaite pour quelqu'un comme moi. Elle savait se taire et ça ne la gênait pas de passer la moitié de son temps dans le coin lecture de la classe et l'autre moitié à la bibliothèque.

Malheureusement, M. Hooper, qui préférait pourtant nettement ne pas l'avoir dans les pattes, était embêté de voir Imogène rester à l'écart.

– Imogène, tu ne devrais pas rester toujours enfermée, comme Mélanie, entre quatre murs de livres.

J'ai posé une seconde mon roman policier.

– C'est une école, ici, je croyais ? ai-je dit pour le taquiner. Vous devriez être ravi de nous voir tranquilles, le nez dans des bouquins.

Il n'a pas remarqué que, sans doute, mon nez à moi était bien toujours dans un bouquin, mais pas celui d'Imogène J'ai moi-même mis pas mal de temps à réaliser qu'en fait elle ne lisait strictement jamais.

D'accord, elle passait le doigt le long des étagères et choisissait un livre. Elle avait ses préférés. L'un d'eux avait sur la couverture un paysage de campagne. Sur un autre, on voyait des enfants qui jouaient gaiement avec des chatons et des petits chiens.

Mais lire ? Imogène s'asseyait sur l'un des poufs jaunes, posait simplement le livre, fermé, sur ses genoux et regardait dans le vague. Quand quelqu'un passait, elle l'ouvrait très vite à n'importe quelle page et faisait semblant de lire jusqu'à ce qu'on soit de nouveau seules.

Mais la plupart du temps elle restait là, sans rien faire, en extase, comme si elle avait été transportée dans un endroit magique.

Je lui demandais parfois: «Ça va?» Et elle hochait la tête sans sortir de son rêve. Puis, à son tour, elle demandait: «Ça va?» Et je hochais la tête aussi. Pour moi, tout allait pour le mieux maintenant que M. Hooper avait réussi à me convaincre d'avoir une amie et ne me cassait plus les pieds avec ses histoires de participer au groupe et autres fariboles.

Pourtant, Imogène faisait le vide autour de nous. Spécialement à la piscine.

J'adore la natation. C'est le seul sport que j'aime. M. Hooper prétend que ce qui me plaît, c'est que là, je suis sûre qu'on ne va pas me dire: «Formez deux équipes.» Ni: «Répartissez-vous en cinq groupes de travail.» Ni, ce que je déteste le plus: «Choisissez un partenaire.»

C'est vrai, j'adore la sensation qu'on éprouve quand on trouve enfin, au milieu des cris et des éclaboussements, un petit coin d'eau libre. On laisse ses pieds glisser et remonter au bord du carrelage, on sent ses cheveux flotter comme des algues et, pour un instant, le monde extérieur disparaît. On est seul, seul avec ses propres bulles irisées, magiques.

Et puis quelqu'un vous bouscule en braillant et en aspergeant tout sur son passage, le monde est de retour et tout est gâché.

Avec Imogène, j'étais protégée par une barrière invisible. Personne, à part moi, ne l'a remarqué, mais il lui a suffi de poser un pied sur l'échelle d'entrée dans le bassin pour que tous les autres décident brusquement d'aller à l'autre bout s'entraîner au départ de course ou de faire des battements, accrochés à la barre horizontale du bord opposé.

Pour moi, c'était génial. En restant près d'elle j'arrivais même à avoir assez de place pour m'entraîner au virage en roulé boulé.

– Si tu continues à ce rythme, m'a dit Mlle Rorty, la coupe Harries est gagnée d'avance. Je miserai sur toi !

Dix fois, cent fois de suite, je suis allée tourner et rebondir contre le bord, et recommencer. C'est seulement après le coup de sifflet qui indiquait la fin du cours, au moment de sortir de l'eau, qu'une idée vraiment atroce m'a traversée.

Mlle Rorty s'est affolée.

– Mais qu'est-ce qui t'arrive ? s'est-elle exclamée en attrapant la première serviette à portée de main pour m'y enrouler comme un bébé. Tu as la chair de poule, tu trembles des pieds à la tête !

Je n'avais pas froid, pourtant. J'aurais eu du mal à l'expliquer, avec mes dents qui claquaient. D'ailleurs je n'avais pas l'intention d'essayer. C'était personnel, ça ne les regardait pas.

L'idée m'avait frappée d'un coup : c'était bien joli de penser qu'Imogène avait un truc bizarre, ça ne me dérangeait pas trop. Seulement, et moi, alors ?

Parce qu'enfin, qu'est-ce que vous auriez

dit, vous? Comment expliqueriez-vous que j'aie pu, sans ressentir la moindre gêne, passer une grande demi-heure seule dans un coin de piscine qui était, n'ayons pas peur des mots, à moitié hanté?

Chapitre Six

Un jour, Imogène a fait un devoir brillant, le meilleur de la classe. Ç'a été absolument terrifiant. On venait juste de finir *Samuel, le petit ramoneur*, notre livre de lecture.

– Maintenant, à vous, a dit M. Hooper. Vous imaginez que vous êtes le petit orphelin, Samuel, et qu'on vous a envoyé nettoyer les cheminées d'une grande maison. Et vous écrivez ce qu'il pense.

J'adore quand M. Hooper, au lieu de tout gâcher en nous faisant d'abord raconter et réfléchir à haute voix, nous demande un travail écrit sans tourner autour du pot. Je m'y suis mise aussitôt et j'ai gratté comme une folle jusqu'à la sonnerie. Je n'ai pratiquement pas levé le nez, mais les rares fois où j'ai regardé autour de moi, j'ai vu qu'au lieu de sucer son crayon les yeux dans le vague, comme d'habitude, Imogène aussi écrivait frénétiquement.

À la fin, M. Hooper a demandé à Tasj de ramasser les devoirs, finis ou non, et on s'est tous rués dehors parce que c'était l'heure de la sortie. Mais quand on est entrés en classe le lendemain matin, le maître avait un drôle d'air.

– Je suis très content. Vous avez tous fait du bon travail. Mais l'une des copies m'a vraiment impressionné. Un devoir exceptionnel.

Je ne devrais pas le dire, ça fait prétentieux, mais c'est la vérité. Sincèrement, j'ai cru que c'était le mien.

– Imogène!

Je n'étais pas la seule, en tout cas, à ne pas en croire mes oreilles. On savait tous que, d'habitude, le travail d'Imogène était nul. Mais on savait aussi qu'elle avait écrit sa rédaction elle-même sans l'aide de personne puisque ça s'était passé la veille sous nos yeux.

M. Hooper lui a tendu son devoir :

– Tiens. Lis-le-nous, bien fort pour que tout le monde entende.

– Oh, non. Je ne pourrai pas ! a marmonné Imogène en tripotant nerveusement son collier.

– Bien sûr que si.

– Non, je vous assure !

M. Hooper ne supporte pas ce qu'il appelle les « enfantillages ».

– Imogène, a-t-il exigé de sa voix la plus sévère, arrête de faire l'intéressante et lis-nous ce texte.

Ses mains tremblaient en tenant les feuilles. Elle a commencé sa lecture si bas et en bafouillant tellement qu'on n'y comprenait rien. Elle sautait certains mots, butait sur d'autres qu'elle avait du mal à déchiffrer.

À l'écouter, on aurait cru qu'elle voyait ce texte pour la première fois et, quant à l'avoir écrit elle-même, c'était simplement impensable.

À la fin, M. Hooper a quand même eu pitié d'elle. Il s'est approché, lui a repris les feuilles et il est retourné à son bureau.

Il s'est assis sur le coin de la table et a recommencé depuis le début.

C'était hallucinant. On avait l'impression que Samuel le ramoneur était avec nous dans la classe, que c'était lui qui nous racontait tout. On se faisait tout petits en l'entendant expliquer combien il avait peur du noir et raconter les averses de suie qui l'aveuglaient, lui bouchaient les oreilles et parfois lui remplissaient la bouche s'il l'entrouvrait pour respirer ou reprendre son souffle entre deux sanglots.

« *Et un jour,* racontait-il, *j'ai dégringolé par un conduit de cheminée et je suis tombé dans un foyer plein de cendre. Une dame s'est mise à pousser des cris perçants. J'ai d'abord cru que la surprise l'avait rendue folle, elle n'arrêtait plus de hurler : "Rat de cheminée ! Rat de cheminée !" Mais j'ai vite compris que ce qui la mettait en rage, c'était la suie qui volait partout. Alors, la femme qui était avec elle m'a attrapé par un bras, tiré de derrière le grand pare-feu de cuivre où je me cachais, tout en sang et les vêtements déchirés, et elle s'est mise à me gifler à me rendre sourd.»*

Un frisson a parcouru la classe.

– Elles n'auraient pas fait ça, quand même? a demandé Bridie.

M. Hooper s'est contenté de continuer sa lecture.

«*J'ai tout le temps peur. Je sens qu'un jour je vais rester coincé dans un conduit, trop haut pour qu'ils puissent m'entendre crier. Ils attendront un jour ou deux. Et puis, par commodité, ils décideront que c'est plus simple d'admettre que je suis déjà mort, parce qu'il fait froid et qu'ils ont envie d'un bon feu.»*

Là, Imogène s'est levée d'un bond et a quitté la classe en courant, les deux mains sur les oreilles.

On s'est tous tournés vers la porte restée ouverte.

– Elle est vraiment trop bizarre, a dit Bridie. Si elle est capable d'écrire un truc aussi atroce et terrifiant, pourquoi ne peut-elle pas l'écouter tranquillement comme tout le monde ?

– Peut-être que ça l'intimide, a dit M. Hooper.

Mais moi, je savais. Et quand il m'a envoyée la chercher pour la ramener en classe, je l'ai dit à Imogène.

– L'histoire n'était pas de toi du tout, pas vrai ? C'est Samuel le ramoneur qui racontait ?

Assise sur le banc du vestiaire, elle m'a lancé un regard méfiant.

– Ne dis pas de bêtises !

Mais j'ai remarqué qu'elle avait immédiatement compris ce que je voulais dire. Alors, j'ai insisté.

– J'ai raison, non ? Tu as laissé ta main posée sur le livre pendant que tu écrivais et il a déversé son histoire à travers toi.

– C'est complètement...

– Écoute, ai-je coupé en poussant le sac

de foot de Stephen pour me faire une place à côté d'elle. Ne te vexe pas, mais tu serais aussi incapable d'écrire un texte pareil que moi de voler jusqu'à la lune.

– Pas du tout.

– Je sais ce que je dis. Je suis à côté de toi en classe, n'oublie pas. Je t'ai observée.

Le rouge monta, déborda le collier, envahit ses joues.

– Il n'y a rien à observer !

– Si. Tu es très étrange, tu sais. Tout le monde le sent. Mais je crois que je suis la seule à commencer à comprendre pourquoi. Tu vois à travers les livres. Pour toi, les livres ne sont pas seulement des mondes imaginaires. Ils sont réels. Des gens réels, dans des endroits réels.

Imogène se défendait encore.

– Je ne vois pas de quoi tu…

– Imogène !

Je commençais à perdre patience.

– J'ai deviné ton secret. D'accord ? Alors,

ce serait plus simple d'arrêter les histoires et de tout me raconter. Tu ne peux pas passer ta vie à t'enfuir de classe en courant et à changer d'école – et à avoir tellement de mal à te concentrer que tout ce que tu fais est nul, sauf quand un personnage de livre se met à écrire à ta place.

Ses yeux se sont remplis de larmes.

– C'est horrible, ce que tu dis !

– Peut-être, mais c'est la vérité.

J'ai senti que j'avais gagné.

– Écoute, ai-je ajouté gentiment, tu sais que tu ne peux pas continuer comme ça. Il faut que tu parles à quelqu'un. Et tu sais que tu peux me faire confiance.

Les larmes ont coulé sur ses joues. Elle a fouillé ses poches à la recherche d'un mouchoir et moi, j'ai attendu.

À la fin, elle s'est tournée vers moi et m'a bien regardée, comme si elle soupesait une décision importante. Comme si elle m'inspectait.

Puis, son visage s'est éclairé. On aurait dit que le soleil venait de se lever dans sa tête. Elle n'était plus la même.

– Oui, a-t-elle dit lentement, je crois que tu as raison. Je peux te faire confiance. Après tout, je ne suis pas la seule à être bizarre. Toi aussi, tu es spéciale, en un sens. Tu ne te lies à personne, tu n'as pas à partager de secrets. Et tu es tellement habituée à tes livres adorés que tu es capable de faire comme s'il s'agissait d'une histoire de plus, qu'on ferme quand on veut. Oui, je peux te raconter.

– Très bien, ai-je dit. À l'heure des histoires. Après le déjeuner, au coin lecture. D'accord?

Imogène a souri.

– D'accord. Promis. Après déjeuner, je te raconte tout.

CHAPITRE SEPT

Si ç'avait été un livre, en tout cas, je n'aurais jamais pu le lâcher. Même pas pour dormir.

Une fois Imogène lancée, l'histoire coulait à flots. Cela avait commencé quand elle était toute petite, avant de savoir lire. Elle avait aidé son cousin à démonter l'arbre de Noël, après les fêtes, et il la taquinait :

– Quand on défait le sapin, le plus jeune de la maison doit porter pendant une semaine toutes les décorations de Noël.

Elle était si naïve qu'elle l'avait cru. Eddie avait alors accroché à son pull touts les ornements étincelants qu'il prenait sur l'arbre. Il l'avait aussi entortillée dans les guirlandes puis, jugeant sans doute qu'elle ne brillait pas encore assez, avait ajouté quelques chocolats aux papiers dorés, des étoiles clignotantes et, finalement, tous les bracelets, bagues et colliers qu'il avait pu trouver dans la vieille boîte à bijoux de leur grand-mère.

Quand sa mère était entrée dans la pièce, le courrier à la main, Imogène brillait, scintillait et resplendissait, me raconta-t-elle, de la pointe de ses souliers jusqu'à la dernière mèche de ses cheveux.

– Oh, la Dame aux Étoiles ! s'était exclamée sa mère, ravie.

Elle avait posé les lettres sur la table et ouvert le premier paquet.

– Tiens, ç'a été vite ! Les photos de Noël sont déjà là !

Laissant une traînée d'or et d'argent sur le tapis, Imogène avait couru regarder. Eddie avait attrapé la première photo.

– Regarde tante Beth ! Elle dort la bouche ouverte !

Imogène avait étalé les photos sur la table

et ri en regardant l'oncle Ted avec son chapeau de papier. Puis elle avait dit tristement :

– Plus tante Dora.

Sa mère lui avait montré une photo du doigt.

– Mais si, ma chérie, elle est là. Sous ton pouce. Et là aussi. Sur celle-là, regarde, à côté du sapin.

Imogène, désolée, avait répété :

– Non. Plus tante Dora.

Son cousin s'impatientait, lui montrait les photos :

– Arrête, Immy ! Tu vois bien qu'elle est là, et là, et là !

Le pull d'Imogène étincelait quand elle secouait la tête.

– Tante Dora partie.

– Partie où, ma douce ?

Mais Imogène n'avait rien pu expliquer de plus. Et sa maman avait cessé de l'écouter bien avant le coup de téléphone qui lui avait appris la terrible nouvelle.

– C'est affreux, ai-je dit, bouleversée. Et ta mère a deviné ?

– Non, pas tout de suite. C'est seulement la deuxième fois, des années plus tard, qu'elle s'est souvenue de ce matin-là et des photos de Noël.

– Pourquoi ? Ça s'est passé pareil, la deuxième fois ?

– Non, c'était différent. Mais effrayant aussi. J'avais eu une journée horrible. J'avais raté un pas à mon cours de danse et je ne pouvais plus tenir le rôle de la princesse pour la représentation.

Imogène a fait un petit sourire d'excuse.

– J'étais rentrée à la maison en larmes, je ne pouvais plus arrêter de pleurer. Maman avait essayé de me consoler et elle avait eu l'idée de me faire danser : « Tu seras la princesse rien que pour moi. » J'avais mis mon costume et j'avais commencé à danser, mais c'était tellement idiot que je m'étais remise à pleurer encore plus fort. Alors Maman m'a prise sur ses genoux et a commencé à me lire un livre, l'histoire d'un petit poney qui s'appelait Patch. Tout d'un coup, je me suis mise à me débattre et à hurler, et à crier que Patch coulait, qu'il allait se noyer. Et en avançant dans l'histoire…

– Je sais, ai-je interrompu, j'avais le livre quand j'étais petite. C'est horrible, le moment où Patch tombe à l'eau.

Imogène a frissonné.

– Eh bien, le lendemain, je m'étais calmée et Maman m'a lu la suite de l'histoire et, quand on est arrivées à ce passage-là, elle m'a regardée d'un drôle d'air et s'est arrêtée. Elle a seulement dit: « Tu savais déjà, alors? » Et elle a deviné.

– Moi, ma mère aurait pensé qu'on m'avait déjà raconté le livre à l'école!

– La mienne l'aurait peut-être cru aussi, mais elle dit qu'elle-même a toujours eu un peu le don.

– Drôle d'idée d'appeler ça un « don »! ai-je grommelé.

Imogène n'a pas eu l'air de comprendre et il a fallu que j'explique :

– Écoute, ne te vexe pas mais, enfin, la plupart du temps, ton travail scolaire est un désastre et la moitié des livres de l'école te plongent dans la panique. En plus, il suffit que tu poses un doigt sans faire exprès là où il ne fallait pas et tu sais à l'avance tous les malheurs qui vont arriver, non seulement dans les livres mais même dans la réalité.

J'ai levé les mains pour qu'elle me laisse finir.

– Tu appelles ça un don, toi ! Une vraie plaie, oui.

Imogène s'est renfrognée comme si j'avais dit qu'elle avait un genre de maladie honteuse ou je ne sais quoi. Elle était tellement bouleversée que j'ai préféré changer de sujet en vitesse.

– Bon, alors, ça marche comment, ce fameux don ?

– Comment ça ?

La question avait l'air de la laisser perplexe.

– Eh bien, j'imagine, si tu veux. Comme dans un rêve.

– Quel genre de rêve ?

– Ça dépend. Si je touche un livre heureux, c'est fantastique. C'est comme être dedans, mais sur un nuage. Dans l'histoire, mais pas complètement.

– Comme lire, ai-je dit, comme quand on est pris par un livre ?

– Plus ! a insisté Imogène.

Et je me suis souvenue de toutes les fois où je l'avais vue perdue, le regard vide, dans un de ces merveilleux mondes rien qu'à elle.

– Mais comment ? ai-je insisté. Par exemple, supposons que tu as pris *Tansy à Sainte-Claire*...

– Bon, tu peux rêver le passage de la fête de minuit. Tu sens l'odeur des gâteaux, tu entends le bavardage autour de toi. Ou, si c'est *Philippa et le Poney de minuit*, tu sens le vent sur ton visage, les sabots qui tambourinent au-dessous de toi et la joie, l'excitation...

Alors, j'ai pensé aux fois où elle avait réagi comme si quelque chose venait de la mordre.

– Et si c'est un suspense terrible, ou un livre d'horreur ?

– Là, c'est affreux. Comme être prisonnière d'un cauchemar. Tu sens toutes les horreurs qui te viennent dessus, tu sais qu'un train va déboucher du virage alors que la voiture est coincée sur le passage à niveau, par exemple, ou que le bébé se penche trop et va tomber de la fenêtre du dernier étage ; tu sens l'angoisse, la terreur, mais tu ne peux rien faire, exactement comme dans un rêve. Tu ne peux qu'attendre, en retenant ton souffle, regarder et attendre.

– Tu ne peux jamais intervenir ?

– Non, parce que tout est déjà là, écrit, dans les mots imprimés sur la page.

J'ai réfléchi un instant, puis j'ai demandé :

– Bon, tu prends, par exemple, *Le Clown Colin*...

– Non! a crié Imogène en agitant les mains comme pour chasser une mouche.

– Non! Pas celui-là! Rien que de penser à ses yeux de bois qui roulent comme des toupies, ça me rend folle! Ne me parle pas de ce livre!

J'ai essayé avec un autre.

– Et *Le Petit Mathieu*?

– Non! a-t-elle gémi. Tu sais, le moment où ils l'arrachent à sa mère, c'est trop affreux!

C'était incroyable. J'ai pensé, quel gâchis! Finalement, moi, je lis des tonnes de livres qui me tiennent éveillée toute la nuit. Sans compter ceux qui me rendent triste ou anxieuse jusqu'à ce que tout finisse par s'arranger. Mais jamais ils ne me mettent dans l'état où j'avais vue Imogène, qui manquait s'évanouir de terreur pour trois ou quatre pages terrifiques, et ne pouvait plus jamais regarder ne serait-ce que la couverture du livre sans se mettre à trembler de la tête aux pieds.

Et sa mère appelait ça un don ! Moi, plus j'écoutais Imogène, plus je trouvais le mot aussi mal choisi que possible.

Un sort, plutôt. Un mauvais sort.

Chapitre Huit

J'avais encore une bonne centaine de questions à lui poser, mais la cloche a sonné et il a fallu retourner en classe. M. Hooper était dans un de ses jours d'expérimentation.

– Comparer et opposer, a-t-il annoncé.

Tout l'après-midi, il a fallu essayer son nouveau truc sur cinquante sujets différents : la lumière et l'obscurité, le bruit et le silence, le malheur et le bonheur, et ainsi de suite. Ça n'en finissait pas. Finalement, il a déclaré :

– Maintenant, vos devoirs. Vous écrirez une page et demie sur le modèle de « comparer et opposer ».

– On peut choisir l'exemple qu'on veut ? ai-je demandé.

– Oui, liberté complète.

– Et ça peut être personnel ?

(Quand on veut qu'un travail soit considéré comme « personnel », on met un grand P dans le coin en haut à gauche. Dans ce cas-là, même si c'est la meilleure copie de la classe, le maître ne la lira à personne.)

J'avais une idée. En sortant de la classe, j'ai demandé à Imogène :

– Je peux te raccompagner chez toi ? Je vais jusqu'à ta porte et de là je couperai par le parc Stannard.

Ça lui a fait tellement plaisir que je me suis sentie un peu coupable. En plus, M. Hooper m'avait entendue, et il m'a murmuré à l'oreille :

– Tu vois ? Qu'est-ce que je t'avais dit ? Une fois habituée, c'est agréable d'avoir une copine...

Je n'étais pas très fière d'utiliser ainsi l'amitié d'Imogène pour faire mes devoirs. Ce qui ne m'a pas empêchée de la mitrailler de questions pendant le trajet.

– Ta mère, elle était contente de savoir que tu voyais à travers les livres et les photos ? Ou elle a eu peur ?

– Elle était emballée, a reconnu Imogène. Elle, on l'a toujours taquinée quand elle disait qu'elle savait qu'une chose allait arriver. Alors, ça lui a fait plaisir, je suppose, que j'aie hérité ça d'elle.

– Et elle t'a encouragée ?

– Qu'est-ce que tu veux dire ?

J'ai essayé de m'expliquer :

– Par exemple, quand Maman a vu que j'étais bonne en natation, elle m'a aussitôt inscrite au club de piscine. Mais quand elle a découvert que je pouvais faire craquer mes doigts super fort, elle a fait l'impossible pour m'en empêcher, elle me l'a répété au moins mille fois : « Ne fais pas ça, c'est une très mauvaise habitude. » Jusqu'à ce que j'arrête.

Imogène a réfléchi.

– Oui, mais là, c'est différent. Ça t'arrive ou pas, on n'y peut rien.

– C'est ainsi que ta mère le voit?

– Je pense, oui.

– Alors, elle ne passe pas son temps à te montrer des livres juste par curiosité, pour voir ce qui va se passer?

– Bien sûr que non!

– Mais elle n'a rien fait non plus pour que ce «don» cesse?

Imogène a paru surprise.

– Quoi, par exemple?

Je ne voyais pas, moi non plus. Parler de docteurs, hypnotiseurs, psychiatres et autres, n'aurait pas été très aimable. D'ailleurs, Imogène et sa mère avaient peut-être raison, peut-être que la capacité de voir à travers les livres ou les photos était un de ces traits, comme les yeux bleus ou les taches de rousseur, auxquels on ne peut rien et qu'il faut bien accepter, de gré ou de force.

Je me suis donc contentée de continuer à poser mes questions, en classant les réponses dans ma tête pour plus tard.

– Bon, mais elle ne s'inquiète pas que tu aies tant de mal à te concentrer sur ton travail ?

– J'essaye de ne pas trop lui en parler, a reconnu Imogène.

– Elle doit bien se rendre compte que tu as des problèmes ? Qu'est-ce qu'elle a dit quand il a fallu te changer d'école parce que les autres te trouvaient trop... (j'allais dire terrifiante mais j'ai préféré choisir un autre mot) trop spéciale ?

– Elle a été étonnée que tout soit devenu si difficile aussi vite.

– Comment ça, aussi vite ?

– Oui. Jusqu'à l'année dernière, ce n'était arrivé que les deux fois dont je t'ai parlé, avec la photo de tante Dora et avec le livre du poney. J'avais encore plein d'amis et, à l'école, ça allait plutôt bien.

Cela semblait logique. Après tout, elle avait écrit l'histoire de Samuel le ramoneur à toute vitesse, trois longues pages, en moins d'une demi-heure, et parfaitement lisibles.

– Alors, tout s'est aggravé d'un coup ?

– Oui, a dit Imogène. Et peut-être qu'un jour tout s'arrêtera d'un coup aussi.

– Ça te plairait ?

Elle n'a rien répondu. Elle regardait droit devant nous.

– Et ta mère ? Ça lui plairait, à elle ?

– C'est quoi, à la fin, ces questions ? a explosé Imogène.

Je me suis tue aussitôt, je ne pouvais pas risquer qu'elle devine. Heureusement, on arrivait dans sa rue. Imogène devant moi, on a dépassé trois ou quatre vieilles maisons bêtes et tristes, puis on a pris une allée qui en longeait une autre exactement pareille.

– Maman doit être dans le jardin, derrière, a dit Imogène en poussant la barrière.

J'ai franchi la porte et j'ai pilé net. L'arrière de la maison était sidérant. Stupéfiant.

Comment vous le décrire ? On aurait dit que le jardin avait été décoré par des fées et des lutins d'humeur farceuse. Les briques étaient jaunes, la porte rouge, les fenêtres vertes et les volets bleus. La pelouse était couverte de moulins miniatures, de gnomes pêchant dans des étangs bleu ciel, de tortues et de lapins en plâtre. Il y avait même un sorcier assis en tailleur sur un champignon de pierre, une main en l'air. À cinq ans, j'aurais cru que j'étais tombée dans un trou du monde réel et que j'avais abouti dans un livre d'images.

– Incroyable!

Derrière moi, une voix joyeuse a répondu:

– Tu aimes? Vraiment?

Je me suis retournée.

– Mellie, a dit Imogène, c'est Maman.

À mon avis, elle n'avait pas du tout l'air d'une maman.

Elle était très jeune, grande, les yeux brillants, avec des cheveux roux flamboyants qui retombaient sur ses épaules comme les coulées de lave d'un volcan en éruption. Elle portait un châle de couleurs vives brodé de papillons brillants et, quand elle a tendu les bras pour serrer Imogène contre elle, sa fille a presque entièrement disparu entre les papillons et la cascade de cheveux roux.

– Bonne journée, ma précieuse?

À la place d'Imogène, je ne sais pas ce que j'aurais répondu. Peut-être que moi aussi, avec quelqu'un de ma classe à portée de voix, j'aurais évité la grande tirade sur l'histoire que Samuel le ramoneur m'avait fait écrire et qui était tellement horrible que j'avais dû quitter la classe en courant.

Mais enfin, je n'aurais sûrement pas répondu, comme elle:

– Merveilleuse, Maman. Une super bonne journée.

Et je n'aurais jamais pu être aussi convaincante. Peut-être ma présence l'empêchait-elle de raconter, ou bien elle gardait bravement pour elle cette journée affreuse afin de cacher à sa mère qu'elle avait craqué et raconté son secret à quelqu'un d'étranger à la famille.

En tout cas, sa mère l'a crue. Ses yeux

brillants ont cligné joyeusement, elle a rejeté en arrière ses cheveux roux et, libérant Imogène de son étreinte, elle l'a tenue un instant à bout de bras, les mains sur ses épaules, les yeux dans les yeux, comme un bébé, et a demandé gaiement :

– Et il ne s'est rien passé de *spécial* ?

Je me suis raidie.

Ma mère aussi, quand je rentre de l'école, demande : « Rien de spécial, aujourd'hui ? » Mais elle n'attend pas vraiment de réponse. Si je répondais : « Si, M. Hooper est tombé du toit et s'est cassé le cou », elle laisserait ses casseroles tranquilles le temps de s'assurer qu'il est toujours vivant. Et si je disais : « Si, tout le monde s'est moqué de moi et j'ai pleuré », je n'aurais pas fini ma phrase qu'elle serait déjà en train d'appeler la directrice. Mais, en général, elle demande juste comme ça. Au cas où il se serait passé quelque chose de vraiment drôle ou de vraiment intéressant, qu'elle ne voudrait pas manquer. C'est tout.

Là, c'était différent.

Le «rien de spécial?» de la mère d'Imogène était sans aucun doute une allusion à leur petit secret à toutes les deux. J'ai attendu qu'Imogène lui dise. Elle a juste secoué la tête.

Mme Tate a eu l'air très déçue.

– Bon, tant pis, a-t-elle dit, exactement sur le même ton que Mlle Rorty quand je ne fais pas mon meilleur temps à la piscine. Tant pis.

Elle s'est retournée vers moi et son visage s'est illuminé.

– Une invitée! Quelle joie!

Elle a frappé dans ses mains comme si on était dans une pantomime.

– Je vais apporter des petits fours et de la vraie citronnade.

– Merci, mais il faut que je rentre, maintenant, Maman va…

Elle était déjà partie en dansant. En dansant vraiment. Elle bondissait sur l'allée du jardin, faisant voler son châle comme les ailes d'un papillon géant. J'ai jeté un coup d'œil à Imogène, mais elle n'avait pas remarqué que je trouvais sa mère un peu drôle. D'ailleurs, c'était normal. Si elle arrivait à la maison sans prévenir et tombait sur ma mère, à bout de nerfs, exaspérée parce qu'elle n'arrive pas à boucler la fin du mois ou qu'il faut de nouveau hospitaliser Mamie, elle trouverait certainement que c'est bizarre, chez nous, et je ne m'en rendrais pas compte.

En tout cas, Mme Tate était tout sauf énervée. Un goûter avec elle et Imogène donnait l'impression d'être dans un de ces vieux livres qu'on trouve parfois dans les brocantes, avec un papier épais et crémeux et des illustrations en couleur protégées par du papier de soie. Tout était « fantastique », « absolument merveilleux », « vraiment délicieux » ou « follement, follement drôle ».

J'avais hâte de rentrer chez moi retrouver ma propre mère. Qui me reçut, du reste, assez froidement.

– La prochaine fois que tu prévois d'avoir une heure de retard, au lieu de me laisser un message au dernier moment, demande-moi la permission la veille.

– Je suis désolée, ai-je dit et je me suis lancée dans une explication embrouillée à propos d'Imogène qui ne pouvait absolument pas rentrer seule et que j'avais dû raccompagner.

Mais j'ai prudemment attendu une demi-heure, qu'elle ait fini de se calmer, avant de me remettre à ce que je voulais faire, pour mon devoir.

– Maman ? Tu ferais quoi si tu découvrais que je peux voir au travers des livres ?

– Comment ça, au travers des livres ?

– Et des photos.

Ma mère a l'habitude de mes questions bizarres, qui dépendent généralement de ce que je suis en train de lire. Mais là, je l'avais prise de court.

– Qu'est-ce que tu veux dire ?

– Bon, suppose que, chaque fois que je

touche un livre, je sache exactement ce qu'il y a dedans.

L'idée l'a amusée, elle a dit en riant :

– C'est tes maîtres qui seraient contents !

– Mais ce serait réel. Et parfois, ça me bouleverserait complètement.

– Comme la fois où tu lisais ce livre horrible, celui de la mouffette ?

– Oui, mais en pire.

Maman a paru intriguée. Elle se rappelait parfaitement ma réaction au conte de la mouffette. Elle avait tout essayé pour me le faire lâcher, mais je le reprenais toujours : une fois commencé, je voulais savoir comment il allait finir. Seulement, je ne pouvais plus m'arrêter de pleurer, jusqu'à la dernière page et à son horrible fin. À l'instant même où j'ai eu fini le livre, Maman l'a jeté à la poubelle.

– Non, a-t-elle dit, pensive, si c'était pire que cette fois-là, je ne vois pas comment je pourrais l'accepter.

– Et les photos. Imagine que je puisse dire,

rien qu'en touchant une photo, ce qui va arriver à chacune des personnes qui sont dessus?

– Tu veux dire, regarder une photo de classe et pouvoir dire qui va finir en prison et qui Premier ministre?

– Par exemple.

Elle a frissonné.

– Je ne peux rien imaginer de pire qu'être capable de lire l'avenir.

– Tu n'appellerais pas ça un don, alors?

– Certainement pas! Quelle idée terrible!

– Et tu ne m'encouragerais pas?

– Quoi? Je te l'interdirais, tu veux dire.

– Mais tu ne peux pas interdire la magie, lui ai-je rappelé.

– Ah non? a dit Maman, d'une voix qui voulait clairement dire «bien sûr que si!» et je fus aussitôt convaincue que, si j'avais eu le malheur de recevoir à la naissance un don comme celui d'Imogène, ma mère l'aurait écrabouillé sans hésiter dès le berceau.

Chapitre Neuf

M. Hooper m'a fait venir à sa table pour parler de mon devoir. Il a placé sa chaise de façon à ce qu'on tourne tous les deux le dos à la classe, et il s'est lancé.

– C'est ça, ton idée de l'amitié? a-t-il demandé en me mettant sous le nez d'un air furieux mon essai de «comparer et opposer».

– Je vous ai dit que c'était personnel, ai-je répondu, l'air renfrogné. J'ai même mis un P géant.

– Mellie, ce texte est horrible.

– Mais c'est la vérité!

– Et alors? Tu ne peux pas écrire n'importe quoi uniquement parce que c'est la vérité.

– Mais si, justement, c'est pour ça qu'on écrit, ai-je essayé d'expliquer. On fait comme si les livres racontaient des histoires inventées, alors qu'elles sont bien plus vraies que la vie réelle.

– Comment ça ?

– Eh bien, par exemple, les gens se sentent plus tranquilles si c'est dans un livre. Vous pouvez lire sans broncher les choses les plus atroces sur un personnage de livre. Mais, si on vous raconte une histoire quatre fois moins grave sur quelqu'un que vous connaissez réellement, là, c'est l'horreur.

J'ai pointé le doigt vers mon devoir.

– Vous comprenez ?

Ça l'a fait taire.

– En plus, dans les livres, on comprend beaucoup mieux ce qui se passe. Si elle était dans un livre, ai-je expliqué en jetant un coup d'œil vers Imogène, j'aurais une idée beaucoup plus complète de ce qui se passe chez elle, et même dans sa tête. Au moins, la personne qui aurait écrit l'histoire pourrait me le dire sans s'occuper de la politesse. Tandis que, là, je suis obligée de deviner.

– Mellie, m'a dit le maître froidement, je n'ai pas entrepris tous ces efforts pour t'aider à te faire une amie pour que tu fourres ton nez dans sa vie privée.

– On est censé s'intéresser à ses amis, je croyais.

– L'intérêt est une chose, l'indiscrétion une autre.

– Je ne vois pas la différence.

Visiblement, il ne savait pas comment me l'expliquer. Il a tapoté deux ou trois fois les pages de mon devoir et m'a regardée d'un air inquiet ; moi, pendant ce temps-là, je réfléchissais et je me disais qu'il serait bien utile d'avoir toujours un auteur sous la main, qui puisse expliquer clairement les choses et les gens au lieu de toutes ces singeries qui ne trompent personne mais que tout le monde se sent obligé d'inventer, par politesse : « Mais non, je suis sûre que ce n'est pas ce qu'elle voulait dire.» Ou: «Elle a déjà oublié, ne t'inquiète pas, ma chérie» Ou: «Non, elle t'aime vraiment beaucoup, voyons.» Les écrivains sont plus courageux et plus honnêtes. Ils auraient expliqué, par exemple, pourquoi la mère d'Imogène était trop occupée à installer des décors stupides dans son jardin et à se convaincre que tout était gai et merveilleux pour se rendre compte que sa fille n'en pouvait plus, qu'elle devenait folle à cause de l'horrible don qu'elle lui avait transmis.

Le don qu'elle lui avait transmis?...

– Mel? a dit M. Hooper, qui me fixait toujours.

J'ai sursauté.

– Pardon...

Mais les mots me résonnaient dans la tête. «... le don... transmis...». Cela me rappelait quelque chose, je n'arrivais pas à savoir quoi.

M. Hooper a poussé un soupir.

– Tu ne comprends pas, je vois?

– Non.

Je commençais à m'énerver aussi.

– Et à mon avis, ce n'est pas juste de me gronder pour ce travail. On devait « comparer et opposer ». Vous avez dit qu'on pouvait choisir le sujet qu'on voulait. Et que ça pouvait rester personnel. Je n'ai pas montré mon devoir à Imogène. Je ne l'ai pas blessée. Je n'ai rien fait. J'ai simplement choisi un sujet intéressant, j'y ai réfléchi sérieusement et j'ai rédigé de mon mieux.

– Enfin, Mellie, quand même ! Une rédaction sur le contraste entre ta mère et la sienne !

Il cherchait quelque chose sur la feuille qu'il avait sous les yeux.

– « *Ma mère peut être terriblement crispée mais, au moins, elle est solide. On peut compter sur elle.* » Et tu oses écrire (il cherchait sur la feuille le passage qui l'avait scandalisé) : « *Ce doit être horrible d'avoir Madame Tate pour mère. C'est le genre de personne qui peut rendre amusant un pique-nique sous la pluie et trouver à rire de tout et de rien. Mais, si on a un problème, inutile de s'adresser à elle. Elle ferait simplement comme si le problème n'existait pas ou n'avait aucune importance.»*

– Mais c'est vrai ! ai-je insisté. Vous ne l'avez peut-être jamais vue, mais moi, si.

Il a enlevé le trombone qui attachait les feuilles de mon devoir, qu'il a pliées en quatre, puis en huit, et qu'il a rangées dans la poche de son pantalon.

– Ce devoir n'ira pas dans ton classeur, a-t-il dit sèchement. Je vais le brûler. Je ne veux pas courir le moindre risque qu'Imogène le voie.

– D'accord, pas de problème.

– Et tu dois me promettre de ne jamais en reparler.

– Promis.

– J'ai ta parole ?

– Oui.

Il m'a regardée longuement et on voyait bien qu'il mourait d'envie de dire : «Tu es vraiment une drôle de fille, Mellie. » Mais il s'est retenu.

– Bon, a-t-il conclu, faisant de nouveau face à la classe. Cette conversation est terminée.

– Sauf... lui ai-je rappelé.

– Sauf quoi ?

– Ma note. Vous ne m'avez pas dit quelle note vous me donniez.

Il a repris son air sévère et a poussé un gros soupir.

– Mellie, je ne noterai pas ce devoir, pas même contre mon poids en or.

– Bon, mais en supposant..., ai-je insisté.

Il a fait les gros yeux.

– Mel ! Tu es incorrigible !

– Juste pour savoir, ai-je supplié. Après tout, la rédaction m'a pris un bon bout de temps et j'ai fait de mon mieux.

– D'accord, a aboyé M. Hooper. Puisque tu as promis de ne plus jamais revenir sur ce sujet, je vais te dire quelle note ce travail aurait valu si j'avais accepté de le noter.

J'attendais, sûre de moi. Et j'avais vu juste.
Dix sur dix. Parfait. A. Excellent.
Ouaouh!

Chapitre Dix

L'après-midi, une fois de plus, Imogène a fini en larmes. La classe devait former deux équipes pour un jeu de ballon au gymnase. Les chefs d'équipe étaient Arinda et Luke, qui nous appelaient à tour de rôle :

– Tom.

– Matty.

– Pats. Non ! Pardon, je me suis trompé. Louay.

– Alors, je prends Pats.

Comme je m'y attendais, Imogène est restée la dernière, même moi j'avais été appelée. Et, finalement, alors qu'il lui manquait encore un joueur, Luke s'est détourné et a commencé à organiser son équipe: «Bon, qui veut être gardien?»

Si ça m'était arrivé, j'aurais été ravie. En revenant avec les dossards et le ballon, Mme Tallentire m'aurait trouvée calée sous l'escalier du gymnase en train de lire tranquillement. Et, si elle avait voulu me gronder, j'aurais su comment me défendre.

– Qu'est-ce que vous vouliez que je fasse? Personne ne m'a appelée!

Imogène, elle, est restée plantée là, chancelante (comme un roseau dans le courant, aurait dit M. Hooper). Ses yeux débordaient de larmes. Personne dans la classe n'est franchement méchant, pourtant. C'était seulement le réflexe habituel de l'éviter qui avait fonctionné à plein. Ils ne s'étaient même pas rendu compte. Et Mme Tallentire non plus, qui en revenant dans le gymnase ne lui a pas accordé un regard, encore moins un dossard, évidemment. Bref, elle a fini dans notre équipe, mais tout au fond contre le mur et je crois que de tout le jeu personne ne lui a lancé le ballon une seule fois.

– Trop c'est trop, lui ai-je dit en quittant le gymnase. Demain, après la classe, on va à la bibliothèque municipale.

– Pour quoi faire ?

– Tu verras.

Elle m'a harcelée de questions, mais je n'ai rien dit. Elle aurait été capable de ne pas venir.

Le lendemain, on est montées directement au premier étage, à la salle des dictionnaires et livres de référence. Elle n'avait toujours pas deviné ce qu'on venait faire. Je l'ai laissée plongée dans la contemplation de l'énorme *Carte des animaux du monde* et je me suis mise au travail.

Magie. Superstitions. Légendes. Quand on n'y croit pas, c'est passionnant. J'ai passé bien des heures absorbée dans des contes de pleureuses qui attendent les gens sur les chemins pour leur annoncer leur mort prochaine, de soldats morts au front, dans un hôpital de campagne, qui terrorisent leurs camarades en revenant prendre leur garde à l'aube.

Mais quand on se dit, comme moi ce jour-là, qu'on est probablement en train de vivre une de ces histoires, on cherche autre chose. Et ce que je cherchais n'était pas là. J'ai passé au crible, une par une, toutes les listes sur l'écran de l'ordinateur, j'ai inspecté chaque rayonnage. Il y avait des livres entiers sur la lecture du tarot ou des lignes de la main, deux étagères de maisons hantées, des encyclopédies sur la magie noire et les jeteurs de sorts, tout ce qu'on voulait sur les ectoplasmes et même une brochure sur les écrits des esprits.

Mais rien sur la manière de s'en sortir.

Imogène ne m'aidait pas.

– Écoute, Mellie, ce n'est pas ton problème. Arrête de t'inquiéter pour moi. Je suis parfaitement heureuse comme ça.

– Ah oui ?

– Oui.

Elle a fait une petite grimace.

– Je sais bien que c'est parfois un petit peu gênant…

– Un petit peu gênant ?

J'étais perchée sur un de ces escabeaux de bibliothèque qui permettent d'explorer les étagères les plus hautes et j'ai failli tomber en entendant ça.

– Attends ! Tu coules à pic au fond des livres les plus angoissants. Tu sais à l'avance quand les membres de ta famille vont avoir un accident. Tout le monde t'évite, tu n'arrives même plus à suivre en classe. Et tu appelles ça « un petit peu gênant » ! Tu as vraiment des nerfs d'acier.

– D'accord ! a explosé Imogène. Il y a des jours où c'est atroce, et j'ai parfois du mal à dormir la nuit. Mais je ne vois pas ce que tu espères trouver dans tous ces vieux bouquins.

J'ai tendu le bras pour attraper deux gros livres sur l'étagère du haut. On ne voyait pas les titres sur la tranche.

– Écoute, Imogène. Il doit bien y avoir un moyen d'en sortir.

– Sortir de quoi ?

– Te débarrasser de ton fameux « don ». Redevenir normale.

– Mais je *suis* normale !

– Tu sais très bien ce que je veux dire. Et si ta mère a raison, si c'est comme d'avoir les yeux bleus ou les cheveux bouclés, ça doit forcément être arrivé à d'autres avant toi.

– Bon, et tu cherches quoi ?

– Un livre. Je le reconnaîtrai quand je le verrai. Il nous faut un livre qui explique comment tous les gens qui ont eu le même don que toi ont fait pour s'en débarrasser.

Elle n'avait pas l'air de comprendre.

– Écoute, ai-je expliqué patiemment. Tu ne crois pas que tu es la première dans ton genre que tout le monde évite, non ? Voir l'avenir n'a jamais dû beaucoup aider à se faire des amis ni à les garder, à mon avis. Tu ne vas pas me faire croire que les voyants d'avant étaient assez inconscients pour se balader tranquillement en blêmissant toutes les cinq minutes, le doigt pointé sur la prochaine personne destinée à tomber dans le puits ! Impossible ! Le reste du village les aurait peut-être supportés une fois, deux à la rigueur, mais à la troisième ils auraient fini noyés dans l'étang !

Imogène se taisait. Je suis sûre que, jusque-là, il ne lui était même pas venu à l'idée que d'autres gens avaient dû avoir le même don dans le passé. Une des choses qu'on apprend sans s'en rendre compte, à force de lire à plein temps, c'est qu'il peut y avoir d'autres lieux, d'autres époques, d'autres façons de vivre.

– Finalement, où tu veux en venir ? a demandé Imogène.

– Nulle part, pour l'instant : je ne sais pas encore. Mais il y a une chose dont tu peux être sûre : si tu te poses une question, quelqu'un d'autre a dû se la poser avant. Et comme il y a plus de quatre cents ans qu'on a inventé les livres, d'habitude, il y en a un quelque part qui parle de ce que tu cherches.

Et j'ai étiré le bras, une fois de plus, vers la dernière étagère, pour y attraper un autre livre dont le titre me paraissait intéressant, *Magie de la pensée*.

– Mon idée, ai-je continué, c'est que pas mal de ces gens spéciaux devaient avoir assez de bon sens pour essayer de perdre leur fameux «don» le plus vite possible. Et je cherche à savoir comment ils ont fait.

– Je suis sûre qu'ils n'ont pas tous essayé de le perdre, a protesté Imogène d'un air buté. Je suis sûre qu'il y en a qui le trouvaient intéressant.

– Oui, ou amusant, ai-je ricané. Comme ta mère...

Je l'ai entendue avaler sa salive. Mais j'étais tellement occupée à garder mon équilibre au sommet de l'escabeau que je n'ai pas dû entendre le bruit de ses pas, ni celui de la porte qui se refermait.

Ou alors, elle avait aussi le don de léviter. Ou même de disparaître. En tout cas, quand je me suis retournée, elle n'était plus là.

Chapitre Onze

Dans un cas pareil, on ne peut pas savoir si celui qui est parti a claqué la porte pour de bon ou va revenir dans cinq minutes en disant qu'il était juste sorti acheter des bonbons.

Alors je me suis assise sur l'escabeau pour feuilleter *Magie de la pensée*, du Pr J. B. Blackstaffe, en attendant qu'elle revienne. C'était une surprise, ce livre. Depuis le temps, j'aurais pourtant dû savoir que, généralement, le titre d'un livre ne veut pas dire du tout ce qu'on imagine quand on le voit sur l'étagère. Mais j'aurais cru que *Magie de la pensée* parlerait du mauvais œil, du pouvoir mental, du vaudou ou de ce genre de choses.

Pas du tout. Le brave Pr Blackstaffe essayait juste de convaincre ses lecteurs de se servir de leur cerveau.

En haut de chaque page, il exposait un petit problème et posait une question. Puis il expliquait ce que les Grands Penseurs du Passé auraient dit sur le sujet.

En attendant Imogène, j'ai lu le premier problème.

Votre meilleur ami fréquente des gens très peu recommandables. Un jour, les vauriens déménagent et vous demandent de transmettre à votre ami leur nouvelle adresse et leur numéro de téléphone.

Que faites-vous ?

> *A : Je refuse la commission.*
>
> *B : Je prends note de tout, puis je jette le papier et je ne dis rien à mon ami.*
>
> *C : Je transmets l'information, assortie de mes mises en garde habituelles.*

La plupart des Grands Penseurs du Passé devaient être aussi des Énormes Coupeurs de Cheveux en Quatre, j'ai l'impression. La plupart choisissaient A ou C (moi, j'avais coché B sans hésiter). Bref, quand il est devenu évident qu'Imogène ne reviendrait pas, j'ai laissé tomber, remis le livre sur l'étagère et je suis rentrée chez moi.

J'espérais que, le lendemain matin, elle m'aurait pardonné d'avoir été si dure à propos de sa mère. Mais, quand je me suis assise à ma place à côté d'elle, elle m'a tourné le dos.

Je lui ai touché l'épaule du doigt.

– Excuse-moi. Je n'aurais jamais dû dire ça. Je suis désolée. Je voulais seulement t'aider.

– M'aider ?

Elle écumait, maintenant.

– Me persécuter, tu veux dire !

– Tu parles sérieusement ? ai-je demandé, stupéfaite.

– C'est la vérité, non ? Tu ne trouves pas exactement ce que tu veux à l'école, alors tu me traînes à la bibliothèque ! Pour me faire attendre pendant des heures que madame ait fini de regarder tous les livres un par un !

– Ce que je cherche doit forcément exister, j'essaye de trouver où, c'est tout.

Ses yeux étincelaient.

– Mais oui ! Ça doit forcément exister ! Bien sûr ! Puisque tu le dis ! C'est le problème, avec toi, Mélanie Palmer ! Tu crois toujours tout savoir ! Mais ça n'a même pas traversé ton énorme cervelle gonflée de livres qu'il y aurait dans cette bibliothèque un million de milliards de livres pour dominer les antiques mystères mais pas un seul pour s'en débarrasser.

Là, elle s'était trahie. J'avais compris. Je veux dire, c'est les mots. Mlle Rorty connaît d'avance la trajectoire d'un ballon. Maman sent tout de suite quand je prépare quelque chose. M. Hooper devine quand un élève se fait trop aider pour ses devoirs.

Moi, je connais les mots. Je sais comment ils vont ensemble et à quelle place. Je sais qui se sert de quels mots et quand un mot sonne faux, je l'entends.

Quand il est emprunté aussi.

– Dominer les antiques mystères ? C'est le nom que ta mère leur donne ?

On aurait dit que j'avais appuyé sur un bouton marqué « détonateur ». Ça l'a mise en furie. Les larmes ont coulé sur ses joues, elle s'est ruée sur moi et a failli me faire tomber de ma chaise.

– Tais-toi ! Je ne te permets pas de parler de ma famille ! Mêle-toi de tes affaires !

Ces mots-là aussi, je les connaissais. Neil les hurlait à tout bout de champ quand son père était en prison, dès que quelqu'un de la classe lui posait la moindre question, même raisonnable, ou y faisait la moindre allusion, même amicale. Bon, au moins, je commençais à saisir ce qui obligeait Imogène à cacher ses problèmes à sa fofolle de mère, à garder pour elle les mésaventures épuisantes de chacune de ses journées d'école et à se déclarer ravie de cet horrible « don ». Elle cherchait seulement, comme Neil, à protéger quelqu'un qu'elle aimait et qui la mettait sans le vouloir dans l'embarras.

En tout cas, elle avait fait un beau vacarme. Tout le monde nous regardait. Et, quand M. Hooper est entré dans la classe, un instant plus tard, il haussait déjà les sourcils. Il avait dû entendre Imogène du couloir.

Je ne voulais pas compliquer les choses pour elle. J'ai essayé de tourner la situation en plaisanterie, en reculant ma chaise et en levant les mains en l'air, comme les gens qui se rendent lors d'un hold-up. Mais je lui ai murmuré tout bas :

– Excuse-moi. Je regrette. Je ne voulais pas te faire de la peine, je t'assure. J'ai simplement eu l'impression que ce n'était pas des mots à toi. Mais je n'avais pas l'intention d'attaquer ta mère, au contraire… Au fond…

Si vous l'aviez vue là, en larmes, vous auriez menti comme moi.

– Au fond, je suis sûre qu'elle a raison. Après tout, elle aussi, elle a un petit peu le don, alors elle en sait forcément bien plus long que moi. Je voulais juste aller à la bibliothèque par curiosité. Tu comprends ?

Imogène, radoucie, a perdu un peu de son air de furie, et j'ai demandé timidement :

– Amies ?

Elle n'a pas répondu tout de suite.

– D'accord. Amies, a-t-elle finalement accepté, pas très convaincue.

Je ne voulais pas prendre de risque et j'ai été gentille comme jamais pendant toute la journée. M. Hooper y a mis aussi du sien. Il m'a envoyée deux fois faire de longues commissions hors de la classe, pour nous laisser nous reposer l'une de l'autre. Mais l'ambiance est quand même restée plutôt tendue, aussi, quand elle m'a demandé, sans trop y croire, de la raccompagner chez elle, j'étais ennuyée de devoir lui dire que je n'avais pas le temps, que c'était mon jour de piscine. Du coup, je l'ai invitée à venir avec moi.

– On passe pratiquement devant chez toi,

Maman n'aura qu'à s'arrêter pour te prendre au passage, aucun problème.

Effectivement, Maman était ravie. (Comme M. Hooper, elle est toujours soulagée de voir que je ne suis pas absolument allergique aux personnes en chair et en os.) La présence d'Imogène la mettait un peu mal à l'aise, bien sûr, mais pas au point de l'empêcher d'être adorable avec elle, de lui demander si sa nouvelle école lui plaisait, comment elle s'entendait avec M. Hooper et quelle était sa matière préférée. Elle a même essayé de la faire entrer à la piscine sur notre carte d'abonnement familial.

Pendant que le monsieur de la caisse farfouillait à la recherche des bracelets-clés pour le vestiaire, on a attendu, Imogène et moi, adossées au mur, en regardant les photos accrochées en face de nous.

– Regarde, on dirait exactement la coupe Harries.

– Tu es décidée à la gagner, cette coupe, pas vrai ? a souri Imogène.

– J'essaye depuis trois ans ! La première année, Toby Harrison m'a battue de moins de deux mètres. Rien à dire, c'était juste. Mais l'an dernier, Maman ne m'a même pas laissée me présenter.

Imogène, surprise, a regardé ma mère, qui était toujours à la caisse.

– Pourquoi ?

– J'avais la grippe, c'est vrai, ai-je dû admettre. Mais j'aurais gagné quand même. Il n'y avait que Phoebé Tucker dans la course, et je faisais facilement cinq secondes de moins qu'elle au total, sur les trois longueurs. En tout cas, cette année, elle n'a plus l'âge. Donc, ai-je conclu en m'aplatissant contre le mur pour laisser passer un monsieur qui poussait une chaise roulante, dans deux semaines exactement, M. Archibald Leroy, conseiller pour les services récréatifs, me remettra solennellement la coupe Harries, à moi, Mélanie Palmer !

– Non, a fait Imogène.

– Hein ?

Juste à ce moment-là, Maman est venue nous chercher.

– Il a mis le temps ! Bon, dépêchons-nous et espérons qu'il n'y aura plus de problèmes, sinon ça ne valait pas la peine de venir.

Elle a tendu les mains, paumes ouvertes :

– Allons-y. Donnez tout. Argent, montre, or, diamants…

Elle fait chaque semaine la même plaisanterie. J'ai enlevé ma montre et la lui ai donnée.

– Et toi, ma belle ? a demandé Maman à Imogène. Tu n'enlèves pas ton collier ?

Imogène l'a tapoté du doigt.

– Non, ça ira, je vais toujours dans l'eau avec. Le fermoir est tellement dur qu'il ne risque pas de se défaire.

– Je ne trouve pas ça très prudent, a dit Maman. Quand tu viens avec l'école, d'accord, parce que tout le monde sait qu'il est à toi. Mais là, c'est différent.

– Bon, a dit Imogène en se retournant, tu peux me le défaire, Mellie ?

J'ai dû bagarrer avec le fermoir. Elle avait raison, il était horriblement coincé et difficile à ouvrir. Mais, finalement, j'ai réussi à le détacher. La fine chaîne d'or m'a glissé dans la main comme un minuscule serpent vivant. Elle était froide, beaucoup plus froide que je n'aurais cru. Et, ce devait être mon imagination, j'ai bien cru la sentir dérouler seule ses anneaux entre mes doigts.

– Quelles drôles de marques! Elles signifient quelque chose? a demandé Maman en ouvrant son sac pour que j'y laisse tomber, à l'abri, les petites boucles d'or étincelantes.

– Ma mère dit que ce sont des charmes, a expliqué Imogène. Les traits ondulés représentent l'eau et les pointes sont des racines.

– Curieux, a dit Maman en refermant son sac. Elle sera mieux là que dans le vestiaire, en tout cas.

Elle est partie vers la cafétéria, et je me suis tournée vers Imogène.

– Pourquoi as-tu dit ça?

– Sur l'eau et les racines ?

– Mais non ! Que le conseiller Leroy ne serait pas là pour me donner la coupe…

– Je n'ai pas dit ça. Simplement…

Elle s'est arrêtée net et m'a regardée, saisie. Je n'arrivais pas à comprendre ce qui lui arrivait. Ce n'était pas comme les autres fois, quand elle devenait toute blanche et manquait de s'évanouir. Mais elle avait quand même l'air affolée.

– Oh, non, a-t-elle murmuré, et elle me regardait, les yeux écarquillés.

– Qu'est-ce qu'il y a ? M. Leroy va avoir un problème ? Il ne va pas mourir ?

Elle a secoué la tête et essayé de se reprendre. Mais elle avait beau s'efforcer de trouver une réponse sensée, elle avait quand même une drôle d'expression. Pas de peur, pas exactement. Plutôt évasive. Fuyante.

– Qu'est-ce qu'il y a ? Imogène, qu'est-ce qui se passe ?

Elle a respiré à fond et répondu fermement :

– Rien. Rien du tout.

Elle avait toujours l'air traqué et cherchait visiblement à détourner mon attention. Son regard est tombé sur une photo accrochée au mur derrière nous.

– Oh, regarde ! C'est justement lui ! Le conseiller Leroy.

C'est là que j'ai compris ce qui avait dû se passer. Quand on s'était serrées contre le mur pour laisser passer la chaise roulante, elle avait dû frôler la photo. Mais, si ça lui suffisait pour savoir que ce ne serait pas le conseiller Leroy qui me remettrait la coupe Harries, elle devait aussi savoir ce qui allait lui arriver. J'aime bien M. Leroy. Il a été vraiment gentil, l'année où Toby m'a battue, j'étais au bord des larmes et il a réussi à me tirer un sourire. Mme Trent m'a dit qu'il a même demandé de mes nouvelles, l'an dernier, quand je n'ai pas pu participer à la course. Ça m'ennuierait qu'il soit malade ou pire.

– Alors, pourquoi il ne pourra pas être là ?

– Mellie, je ne sais pas. Je t'assure, a dit Imogène, gênée.

Jamais je n'ai entendu personne dire « je t'assure » avec un tel air de mentir. Mais ce n'était pas le moment de commencer à se disputer. Si j'avais élevé la voix, on m'aurait entendue au-dessus du balcon et Maman serait instantanément descendue de la cafétéria pour me gronder d'être aussi désagréable avec une invitée.

Je me suis détournée, furieuse. Et puis, je me suis dit, bon, après tout, c'est son droit. Elle me cache sans doute quelque chose mais moi non plus, je ne lui dis pas tout. Elle ne sait pas que, si j'aime tant l'avoir avec moi à la piscine, c'est surtout parce que tout le monde l'évite et me laisse la place de m'entraîner.

Remontée, j'ai ramassé mon sac et je l'ai prise par le bras.

– Viens, on perd du temps, on pourrait déjà être dans l'eau. Allons vite nous changer, je n'ai plus beaucoup de temps pour m'entraîner pour mon virage.

Et, soulagée de me voir lâcher prise, elle m'a suivie au pas de course dans le vestiaire.

Chapitre Douze

On ne peut pas dire que mon grand plan place-nette-eau-libre ait été un franc succès. C'était carrément énervant. À peine entrées au vestiaire, on était déjà cernées. D'abord, Imogène s'est vue embarquée dans un jeu avec les petits de la salle d'à côté.

– Je te tiens, tu me tiens, je te tiens, tu me tiens…

De la cabine où j'enfilais mon maillot de bain, je les entendais hurler de rire. Et, pendant qu'on allait vers le bain de pieds, leurs éclats de rire retentissaient encore au bout du couloir.

Au moins, j'étais sûre qu'une fois dans l'eau tout le monde allait s'écarter comme d'habitude. Grave erreur. Imogène a sauté dans le grand bassin, du côté où on a pied, et elle en était encore à reprendre son souffle et à s'habituer à l'eau qu'une foule de gamins excités lui tournait déjà autour, hurlant à qui mieux mieux, accrochés à ses bras et à ses épaules. Si je voulais m'entraîner, je n'avais plus qu'à aller à l'autre bout de la piscine.

– Je te retrouve tout à l'heure.

Après chaque demi-tour, je jetais un coup d'œil, convaincue que sa magie habituelle aurait fini par jouer et qu'il y aurait de la place autour d'elle. Mais c'était de pire en pire. De minute en minute, le nombre de gamins augmentait. «Je peux jouer? Et moi? Et moi?» Ils voulaient tous participer au grand jeu qu'elle venait d'inventer et, quand j'ai eu fini mon entraînement, il y avait même un groupe de parents qui flottaient benoîtement à quelques mètres d'elle, profitant sans vergogne de l'aubaine du jour, la plus formidable des baby-sitters, bénévole.

– Mel! Mellie! Viens!

Elle avait vu que j'avais terminé. J'ai pris mon temps, j'ai nagé tranquillement vers elle en l'observant, intriguée. Ce n'était plus la même Imogène. Au centre de sa ronde d'enfants, elle avait l'air soudain plus grande, rayonnante d'énergie.

– Mel ! Viens m'aider ! Allez, j'ai besoin de toi !

Devant l'autorité de cet appel, j'ai nagé un peu plus vite et je l'ai rejointe. Mais, au lieu de me joindre à la ronde, j'ai plongé et je me suis mise à jouer le requin au milieu de la forêt de jambes dansantes. Sautiller debout dans cinquante centimètres d'eau surpeuplée en hurlant de rire n'est pas exactement mon idée d'un moment passionnant.

Malheureusement, on ne peut pas rester sous l'eau indéfiniment. Il a bien fallu que je ressorte, en face de cette heureuse petite personne aux yeux brillants de joie, qui avait transformé la piscine en un merveilleux terrain de jeu.

Comme sa mère…

C'est là que j'ai enfin compris.

J'ai plongé à côté d'elle et je l'ai fait pivoter pour la voir bien en face.

– C'est le collier, hein ?

– Quoi ?

Elle m'a regardée sans comprendre, en écartant de ses yeux ses cheveux mouillés.

– Le collier, celui que tu as enlevé ! C'est lui qui te rend…

– Qui me rend quoi ?

– Tu sais bien.

Tant pis, je ne voyais pas d'autre mot.

– Effrayante. Maintenant que tu ne l'as plus autour du cou, tu es complètement différente. Méconnaissable. Regarde-toi ! Tu…

Mais les petites mains s'accrochaient à ses bras, à son cou. Elle s'est retournée vers la douzaine de minois mouillés et radieux qui criaient tous à la fois.

– Imogène, reviens !

– Fais-moi tourner !

– Tu ne vas pas partir!

Imogène, distraite et tiraillée, s'est retournée vers moi.

– Ça ne peut pas être ça, a-t-elle dit. Rappelle-toi, tout a commencé des années avant que je ne reçoive le collier.

– Oui, peut-être, mais...

Stop... Prudence... Je n'ai pas fini ma phrase. Il valait mieux faire attention. Si la mère d'Imogène, me suis-je raisonnée, ne voit pas que la fille rayonnante de vie et de gaieté qu'elle avait encore l'année dernière n'est plus là, c'est qu'elle doit tenir vraiment beaucoup à cette histoire de magie. Mellie, tu risques d'être forcée de régler cette affaire toute seule. N'oublie pas ce que dit le Pr Blackstaffe dans son livre: «Le savoir est un pouvoir.» Il serait sans doute plus sage de tenir ta langue.

– Oh, bien sûr! me suis-je reprise. Quelle idiote je suis! J'avais oublié que tu avais eu toutes ces visions avant, quand tu étais petite.

Elle n'a rien remarqué. D'ailleurs, les enfants continuaient leur vacarme :

– Imogène, à moi, fais-moi tourner !

Elle a attrapé le gamin le plus proche et a commencé à le faire tourner autour d'elle. Je l'ai imitée aussitôt.

– À qui le tour ? L'un après l'autre !

Comme je l'ai déjà dit, tourner sur moi-même en hurlant de joie ne m'emballe pas particulièrement. Mais j'ai quand même tenu le coup une bonne demi-heure. Tout plutôt que risquer qu'Imogène se rappelle ce que j'avais commencé à dire juste avant que ses petits amis n'interrompent notre conversation. Ou qu'elle se mette à soupçonner où j'en étais de mes déductions.

Chapitre Treize

Qu'elle croie que le collier n'avait rien à voir, c'était normal. Imogène ne lisait jamais. Quand on ne lit pas, on n'a pas autant l'habitude de repérer les indices et d'essayer de se représenter comment les choses ont pu se passer. Moi, je l'avais soudain imaginée quand elle était petite, exactement comme elle s'était décrite, à côté de l'arbre de Noël, clignotante et scintillante parce que son cousin lui accrochait des pieds à la tête tout ce qu'il pouvait trouver de brillant dans la maison.

Voilà… tout ce qu'il trouvait de brillant…

Et puis, à peine deux ans plus tard, dans la même pièce, je la voyais en train de danser sa danse de princesse, rien que pour sa mère. Elle avait son tutu, forcément. Et ses chaussons roses. Mais, pour incarner son rôle, elle était aussi sûrement allée piocher dans la vieille boîte à bijoux. Avec quelques barrettes, la plus mince des chaînettes d'or peut se transformer en diadème.

Finalement, l'année dernière, quel cadeau avait-elle reçu, pour son anniversaire ? (Parce que c'est à peu près à ce moment-là qu'elle disait que tout avait commencé pour de bon.) Le jour même de son arrivée à l'école, elle m'avait dit : « Ma grand-mère a transmis ce collier à ma mère, et maintenant c'est mon tour. »

Pour que ma mère me fasse cadeau d'une chose pareille, il faudrait certainement une grande occasion. Comme un anniversaire, par exemple.

« Avant tout, vérifiez vos conclusions », dit toujours M. Hooper.

Aussi, l'air de rien, pendant qu'on se changeait, j'ai demandé à Imogène :

– Qu'est-ce que je pourrais demander, pour mon anniversaire ?

– C'est dans des mois, Mellie !

– Je sais, mais j'aime bien y penser à l'avance. Tu as eu quoi, toi, l'an dernier?

Le souvenir lui a fait briller les yeux.

– Un voyage à Londres. On est allés voir *Copacabana*.

– Génial ! Tu t'es habillée comment ?

– On avait une loge, alors j'ai mis mon haut bleu et ma jupe de velours rouge.

– Et comme bijoux ?

Elle a réfléchi un peu.

– Des boucles d'oreille. Et mon collier, évidemment, puisque je venais juste de l'avoir. Ah, oui, et ma bague avec le serpent enroulé.

« Si vous en avez le temps, n'hésitez pas à vérifier une deuxième fois », dit M. Hooper.

Alors, en sortant rhabillée de la cabine, j'ai posé mon cartable par terre, j'y ai pris mon nouveau livre de bibliothèque et je l'ai posé dessus, à portée de main. Puis je me suis empressée d'aller rejoindre Maman pour être à côté d'elle quand elle ouvrirait son sac.

– Tiens, Mellie, a-t-elle dit en me tendant ma montre.

Mais j'ai fait semblant de ne pas entendre et j'ai glissé une main dans son sac pour attraper le collier.

De nouveau, je l'ai trouvé glacé et un peu trop fuyant sous les doigts. Mais je ne l'ai pas lâché. Je l'ai serré fort, je l'ai tendu à Imogène et j'ai fait semblant de trébucher. Et, en tombant, j'ai posé la main à plat sur mon livre.

Au Loup !

Quel hurlement horrible ! Un hululement assourdissant, juste à mes oreilles. Avec des gémissements, des claquements. C'était atroce.

– Mel ? Ça va, ma chérie ?

J'étais à genoux, la main posée sur le livre. Maman m'a tendu une bouteille d'eau qu'elle portait.

– Tu es toute pâle, ma grande, bois une gorgée.

Elle a rapproché l'eau de mon visage et j'ai été prise de furie. J'agitais les bras frénétiquement, je lui ai arraché la bouteille de plastique et l'ai envoyée, en hurlant, rouler sur le carrelage.

– Non! Non! Enlevez-moi ça!

– Mel, qu'est-ce qui te prend?

Le visage de Maman était tout proche, ses bras m'ont serrée fort et, bien qu'elle m'ait raconté depuis que je poussais de grands cris, ce n'étaient pas de vrais cris qui résonnaient dans ma tête. Plutôt des hurlements de loup.

Maman, d'un coup de pied, a repoussé mon sac pour s'agenouiller à côté de moi.

– Mel? Mel!

Aussitôt, le tremblement s'est apaisé. Les bruits affreux dans mes oreilles ont commencé à s'éloigner. Après coup, Imogène m'a affirmé qu'il ne m'avait fallu que quelques secondes pour passer des hurlements aux sanglots. Je ne sais pas. Dans mon souvenir, il n'y a pas de sanglots du tout, juste un atroce gémissement plaintif, puis, quand petit à petit j'ai réalisé que j'étais en sécurité dans les bras de Maman, un reste très bizarre de malaise, entre angoisse et mal au cœur.

Maman m'a écarté les cheveux du visage.

– Mellie ? Ça va mieux ? Tu peux marcher, tu crois ?

J'ai repoussé loin de moi les derniers éclats de terreur.

– Ça ira. Pas de problème.

Imogène a attrapé mon sac.

– Je te le porte.

Je n'ai pas dit non et je lui ai mis dans la main son horrible collier.

– Tiens, n'oublie pas ça.

– Merci.

Elle a foncé devant pour pousser la porte tournante.

Maman gardait un bras sur mes épaules et j'essayais de ne pas trop trébucher.

Heureusement, Imogène était déjà dehors, dans le parking, et elle n'a pas entendu Maman, encore sous le coup de l'inquiétude, me dire doucement :

– Mel, c'était vraiment effrayant ! Tu avais l'air d'une possédée !

Le soir même, bien que je me sente encore un peu faible, j'ai sorti *Au Loup !* de mon sac et me suis installée pour lire. Pas besoin d'être le meilleur lecteur du monde pour deviner ce qui va se passer. C'est l'histoire d'une bande de loups, l'été où l'un d'entre eux est atteint d'hydrophobie, une maladie qui donne une peur mortelle de l'eau. Tout en lisant, j'entendais les échos de l'affreux hurlement résonner au fond de ma tête.

« Et si vraiment c'est important, dit M. Hooper, et que vous avez le temps, vérifiez une troisième fois. » J'aurais peut-être dû trouver un moyen de reprendre le collier une minute et de toucher une photo pour voir si, d'un coup, je savais des choses que je ne pouvais pas savoir.

Mais c'était au-dessus de mes forces. D'abord, il était clair que l'action du collier sur les étrangers était encore plus violente que sur ses propriétaires.

Quand j'avais posé la main sur *Au Loup!* j'avais été emportée par une tornade de visions. Si ça avait fonctionné ne serait-ce que moitié aussi fort pour Mme Tate ou pour Imogène, elles auraient forcément compris aussitôt les pouvoirs du collier.

Ou alors…

L'idée qui m'était venue était encore plus inquiétante. Peut-être que le collier reconnaissait ses ennemis. Peut-être qu'il sentait quand quelqu'un le détestait et pensait que l'idée même de voir l'avenir était horrible, malsaine et vraiment, vraiment mal.

Ce que je pense. J'en suis totalement convaincue. Supposons que j'aie un collier comme celui d'Imogène et que je touche une photo de quelqu'un de ma famille, Papa, disons, et que soudain je sache que quelque chose de très grave va lui arriver avant la prochaine fois où il doit venir nous voir. Je ne pourrais pas le supporter. Je deviendrais folle.

Non, voir l'avenir est affreux. Monstrueux. On ne devrait souhaiter ça à personne. Et ce n'était quand même pas la faute d'Imogène si son père n'était plus là et si sa mère était le genre qui préfère trouver la pire horreur « intéressante » ou « amusante » plutôt que de la regarder en face.

On aurait dit un des petits problèmes du Pr Blackstaffe :

L'une de vos amies a un pouvoir spécial qui lui rend la vie horriblement difficile.

Que faites-vous ?

> *A : J'essaye de l'en débarrasser par tous les moyens.*
>
> *B : Je ne m'en mêle pas, c'est un « don » qu'elle a reçu.*
>
> *C : J'espère que tout finira bien.*

Ma mère serait A, sans le moindre doute. Elle l'avait dit presque explicitement.

Je ne savais pas au juste si Mme Tate était B ou C, mais je savais une chose. B ou C, c'était pareil, ça ne servait à rien.

Du coup, il y avait autre chose qui sautait aux yeux: c'était à moi de me débrouiller.

CHAPITRE QUATORZE

Malgré tout, j'avais un doute.

Des gens avec un don qui leur complique la vie, il y en a plein. Dennis est obligé de faire deux heures de piano tous les soirs. Clive n'a pas pu venir à notre voyage de classe en France parce que son entraîneur de foot trouvait que le championnat régional était trop proche. Et les parents de Moira doivent la tirer du lit à cinq heures du matin pour la conduire à la patinoire, pour son entraînement en solo.

Mais, au moins, la plupart du temps, ce qu'ils font leur plaît, ces trois-là. La pauvre Imogène n'était pas malheureuse, c'est vrai, quand elle était plongée dans ses rêveries sur le pouf jaune du coin lecture mais, à bien y réfléchir, je ne l'avais vue vraiment heureuse qu'une seule fois et c'était le jour de la piscine. Qui aurait cru qu'il lui suffirait d'enlever une chaînette d'or de rien du tout pour subir une transformation aussi miraculeuse? Comme Blanche-Neige dans son cercueil de verre quand le morceau de pomme empoisonnée tombe de sa bouche, Imogène s'était réveillée, la vraie Imogène, une petite fille gaie et bruyante au milieu d'une foule d'amis (exactement le genre de fille que M. Hooper aimerait que je sois).

Il est professeur, c'est donc d'abord à lui que j'ai posé la question.

– Comment on dit, pour une chose qui rend quelqu'un complètement différent?

Il m'a regardée comme si j'avais parlé en grec.

– Quel genre de chose?

– Excusez-moi. Je ne peux pas vous le dire.

– Bon. Alors, différent comment?

J'ai jeté un coup d'œil à Imogène.

– Pardon. Je ne peux pas vous le dire non plus.

Je connaissais déjà la suite.

– D'accord, Mel. Donne-moi un exemple.

Je ne voulais surtout pas parler d'or, ni même de bijoux. En pensant au collier, je me suis rappelée les étranges griffures sur la surface dorée. De l'eau et des racines, avait-elle dit.

J'ai essayé d'en tirer un exemple.

– Disons, ce serait un genre de racines.

– De racines ?

Le fait est que ce n'était pas plus clair et j'ai essayé de rectifier en vitesse.

– Bon, un genre de gland. Un gland en argent, qui aurait été perdu pendant des années, et, quand on le retrouve, tous ceux qui le touchent...

Je ne savais pas au juste comment finir. Il ne fallait surtout pas éveiller ses soupçons.

– Bon, tous ceux qui le touchent font ensuite griller les saucisses à la perfection.

Pour les soupçons, je crois que je m'y étais mal prise.

– Mellie, m'a demandé M. Hooper, tu es sûre que tu te sens bien ? Tu n'avais pas de fièvre, ce matin, avant de venir à l'école ?

Comme si c'était le moment de s'inquiéter pour moi ! J'ai insisté :

– Comment on appelle ça ? Je suis sûre qu'il doit y avoir un mot ! Comment ça s'appelle, un truc magique qui rend les gens capables de faire des choses qu'ils n'auraient jamais pu faire normalement ?

– Ah, ça ! Ça s'appelle un talisman. Ou une amulette. Les deux sont des objets ensorcelés, qui ont des pouvoirs magiques.

Il n'y avait plus qu'à retourner à la bibliothèque municipale. Maintenant, avec le mot correct, j'ai rapidement trouvé ce qu'il me fallait dans les index et les listes des écrans. Et il y en avait des tonnes. Un paragraphe dans un livre, un chapitre entier dans un autre. Et même quelques histoires sinistres. À force d'en lire, en fait, je commençais à comprendre pourquoi on trouvait toujours ce genre d'objets ensorcelés au plus profond d'une caverne obscure ou tout au fond d'un puits. Ils avaient dû être abandonnés là par les malheureux qui avaient eu la maudite chance d'en recevoir le don la fois précédente.

Parce que toutes mes lectures me ramenaient à une conclusion absolument limpide. Mon premier soupçon, le pire, était le bon. Malgré tout le plaisir des moments magiques qu'elle passait dans le coin lecture à rêver qu'elle jouait avec des chatons ou glissait dans le clair de lune sur un traîneau d'argent, Imogène ne serait jamais vraiment heureuse tant qu'elle ne serait pas débarrassée de ce collier.

Assise sur le rebord de la fenêtre de la bibliothèque, je me suis mise à réfléchir en me mordillant les ongles. Comment la convaincre ? D'abord, lui expliquer pour le collier. Bon. Ensuite, lui rappeler tous les problèmes dans lesquels ce cadeau l'avait plongée, et comment il lui rendait la vie à l'école impossible. Et, là, elle finirait par admettre que la meilleure chose à faire serait de...

– Là-haut ? Sur cette étagère ? Merci, oh merci !

De l'autre côté du mur de livres, quelqu'un parlait avec le bibliothécaire.

Je connaissais cette voix hachée, exaltée. J'ai jeté un coup d'œil discret derrière les étagères... Oui. C'était la mère d'Imogène. Elle portait sur les épaules un grand châle qui ressemblait à un de ces anciens couvre-lits en patchwork éclatants, et dans ses cheveux flamboyants luisaient je ne sais combien de petites barrettes de plastique rose.

Si elle avait été ma mère, j'aurais fui la bibliothèque en essayant de me rendre invisible, le visage caché dans un sac. Mais, là, je me suis contentée de l'observer attentivement. Elle a sorti plusieurs livres de l'étagère, l'un après l'autre ; elle les feuilletait, examinait la table des matières et les remettait à leur place. Finalement, elle s'est décidée pour un grand livre rouge épais comme une brique. Elle a ouvert le petit sac qui tressautait à son poignet, y a pris un crayon et a copié quelques mots sur un bout de papier, a sauté quelques pages et copié encore une phrase ou deux.

Puis, apparemment satisfaite, elle a reposé le livre sur son étagère et elle est partie.

Je n'avais pas quitté la couverture du livre des yeux une seule seconde. Il n'y avait pas d'erreur possible. J'ai attrapé le livre qu'elle venait de reposer.

J'ai lu le titre et j'ai failli pleurer. *Magie pour tous et pour tous les jours* !

Bon, c'était clair. Si je voulais tirer la pauvre Imogène de son cauchemar et la débarrasser du collier, j'allais devoir me débrouiller toute seule. Mais comment ? Je ne pouvais quand même pas lui arracher la chaînette du cou en espérant qu'elle ne se rendrait compte de rien ! Le problème m'a tracassée toute la semaine. Si je pouvais seulement lui donner l'envie d'enlever un peu son collier…

– Ça ne t'irrite pas la peau, d'avoir ce truc toute la journée autour du cou ?

– Non, a répondu Imogène gaiement. Maman trouvait qu'il la griffait, elle ne le mettait presque jamais à cause de ça. Mais, moi, ça ne me dérange absolument pas.

Rien à tenter de ce côté-là. J'ai essayé autre chose.

– Tu n'as pas peur de perdre ton collier quand on est en gym ou à la danse ?

Mais elle s'est contentée de secouer la tête. Effectivement, la seule fois où je l'avais vue l'enlever, c'était quand Maman avait insisté, le jour de la piscine, alors à quoi bon ?

Je ne trouvais rien. Je pouvais l'inviter de nouveau à la piscine et en profiter pour le lui faucher, évidemment. Et Maman irait en prison. Pourtant, il y avait forcément un moyen, c'était sûr.

Deux fois, cette semaine-là, je me suis dit :

« Je laisse tomber. Ce n'est pas mon problème. » Et les deux fois, M. Hooper a appelé Imogène pour aller chercher dans le placard la pile de livres de lecture. On était passés à *La Proie*. La première fois, Imogène s'est plus ou moins débrouillée, en posant toute la pile en équilibre sur son cahier et en la faisant glisser en bloc sur le bureau du maître, sans toucher un seul livre. Vous imaginez l'avalanche sur le bureau. Alors, le lendemain, en l'envoyant de nouveau chercher les livres, M. Hooper a précisé :

– Et essaye, cette fois-ci, de les porter normalement.

Elle a laissé son cahier sur sa table et elle a pris la pile de livres directement, comme tout le monde. Sauf qu'elle avait les mains tremblantes et les yeux écarquillés de terreur.

– Voyons, Imogène ! a dit le maître, agacé. Je t'ai seulement dit de les porter normalement, pas la peine de me regarder comme si j'allais te mettre à la broche pour mon dîner !

Encore un livre sur lequel je pouvais faire une croix, encore des heures de lecture gâchées. Imogène n'avait pas l'air trop heureuse non plus de s'être fait gronder. Je me suis remise à élaborer des plans plus compliqués les uns que les autres et à réfléchir comme une folle tandis que la fin du trimestre approchait à vue d'œil.

Imogène s'inquiétait pour moi.

– Mellie, qu'est-ce que tu as ?

– Rien, rien, je réfléchissais.

– À quoi ?

– Non, à rien.

Je ne tardai pas à avoir aussi M. Hooper sur le dos.

– Tu as un problème, Mellie ? C'est la coupe Harries qui te tracasse ?

Bonne idée ! Je n'arrivais pas à me concentrer sur mon travail, c'était une excuse toute trouvée.

Alors, je n'ai pas vraiment menti, j'ai juste pris une petite voix et j'ai répondu :

– Ce n'est plus que dans deux jours, trois heures et cinq minutes…

Il m'a posé la main sur l'épaule.

– Haut les cœurs ! Tu n'auras aucun problème. Je suis prêt à parier…

Imogène s'est mise à gigoter sur sa chaise.

– Non ! Ne dites pas ça ! On ne sait jamais ce qui peut arriver !

– Oui, a dit Tasj, qui n'en avait pas perdu un mot, Mellie pourrait avoir une crampe !

– Ou rencontrer un requin au fond de la piscine, a suggéré Luke, serviable.

– Ou se coincer un doigt de pied dans la grille de vidange, a proposé Maria.

M. Hooper a laissé échapper un de ses rugissements classiques de maître-harassé-et-incompris.

– Mais qu'est-ce que vous avez tous, aujourd'hui ? Alors, je ne peux plus échanger deux mots en privé avec une de mes élèves sans que tous les autres à trois mètres à la ronde se croient obligés d'intervenir avec leurs blagues lamentables et leurs suggestions douteuses ?

Puis il s'est tourné vers Imogène et a entrepris de corriger son travail. Heureusement, parce qu'une de leurs blagues lamentables et suggestions douteuses venait juste de me donner une idée, la meilleure – la seule, en réalité, après toute une semaine de réflexion ininterrompue – pour sauver Imogène et la débarrasser du collier sans nous faire risquer, à ma mère ou à moi, la prison pour vol qualifié.

Chapitre Quinze

Le lendemain matin, en reposant mon tapis de gym sur la pile, j'ai glissé à Mlle Rorty :

– On vous a raconté, pour le championnat de natation de l'école de Green Lane ?

– Non, a-t-elle dit en redressant la pile branlante, qu'est-ce qui s'est passé ?

– Il y a eu des tonnes de trucs perdus. Des montres. Des bracelets. De tout.

– Volés, tu veux dire ?

– Non, non. Perdus dans l'eau.

– Je ne vois pas…

– Ils ont même dû vider la piscine pour retrouver une petite croix en argent.

– Vider la piscine ? C'est vrai ?

J'ai tourné les talons avant de décocher la flèche finale.

– Et c'est l'école qui a dû payer.

Son front s'est plissé.

– Mélanie, où as-tu entendu… ?

J'aurais eu bien du mal à répondre, et d'ailleurs ça poussait derrière moi. Alors, j'ai filé.

Ils n'ont affiché la note que la veille de la course.

CHAMPIONNAT DE NATATION

Interdiction de porter montres ou bijoux dans la piscine.

Les participants sont priés de laisser chez eux tous les objets de valeur.

– Je cacherai ma montre dans mes chaussettes, ai-je dit à Imogène. Comme ça, il ne peut rien lui arriver.

– Tu crois ?

– Oh, oui. On ne laisse pas nos affaires tellement longtemps dans les vestiaires. Surtout ceux qui font seulement le relais interclasses comme toi.

Cela a suffi à la relancer sur le thème qui la tracassait, la part qui lui revenait du championnat (une longueur à nager à peine !) et comment elle allait s'en tirer.

– Tu crois qu'ils m'en voudront, si je suis la plus lente ?

– Tu ne seras pas la plus lente. La plus lente, c'est Tasj, hors concours ; ça fait à peine deux semaines qu'elle sait nager. Colin Hamblebury ne vaut pas beaucoup mieux, il éclabousse tant qu'il peut mais il fait du sur place. Sans compter Liz, qui n'est pas précisément un poisson ; tu feras sûrement un meilleur temps qu'elle.

Imogène avait toujours l'air embêtée.

– Tu sens vraiment que tu l'as dans la poche, cette course, pas vrai, Mellie ?

– Sûre et certaine !

Je me gardai bien de lui dire que, cette année, je ne pouvais pas me permettre la moindre erreur de jugement. D'après mes calculs, j'avais dans les huit secondes de réserve avant que Toby Harrison ne déboule derrière moi, suivi par Surina puis par une des jumelles Trent, juste derrière. Un tournant raté et je perdrais une bonne partie de l'avance que je pouvais prendre au départ. J'avais donc maintenant deux nouveaux trucs à fignoler avant la grande course et plus qu'une seule séance de piscine pour les mettre parfaitement au point.

– Tu as le trac? m'a demandé Imogène. Mais j'ai préféré ne rien dire.

D'abord, avec une pauvre longueur de rien du tout à nager, elle avait déjà l'air rongée d'inquiétude chaque fois que je croisais son regard et je ne voulais pas en rajouter. Et, de toute façon, elle était la dernière personne à qui j'aurais pu confier mes soucis, puisque mon plan pour gagner la coupe Harries devait désormais tenir compte de six secondes perdues à me débarrasser de son collier.

Six secondes exactement. J'avais chronométré. Mon nouveau virage plongé-touché prenait quatre secondes de plus que le demi-tour normal. Plus deux autres secondes pour retrouver ma vitesse. J'étais encore sûre de gagner, d'accord, mais ce n'était plus aussi large qu'avant. Malheureusement, il n'y avait pas d'autre solution. À quoi bon aller raconter aux autres l'histoire du collier, puisque je savais que personne ne voudrait prendre la responsabilité de le jeter à la poubelle une bonne fois pour toutes? Alors que c'était la seule chose à faire. Tous les livres étaient d'accord là-dessus.

Je pouvais essayer d'en parler à la mère d'Imogène. Seulement, je n'étais pas du tout sûre de sa réaction. Ma mère aurait pris le premier bateau pour aller jeter ce maudit truc au plus profond de la mer. Mais Mme Tate? Il suffisait d'un coup d'œil sur son jardin de conte de fées, avec ses faux arbres creux, ses passages secrets et ses joyeux petits elfes, il suffisait de prendre un goûter chez elle, avec ses petits fours magiques, pour comprendre qu'elle ne vivait pas vraiment dans le monde des adultes, où les gens s'occupent comme il faut de leurs enfants et les protègent des choses qui peuvent leur faire du mal.

D'ailleurs, les pouvoirs magiques d'Imogène lui faisaient tellement plaisir ! Rien de *spécial*, aujourd'hui ? Si je lui expliquais que j'avais découvert que ces pouvoirs lui venaient du collier, au lieu de vouloir le jeter dans la mer du haut d'une falaise comme toute personne sensée, elle risquait plutôt de déclarer en battant des mains que c'était exactement comme dans un de ses livres préférés, *Ellen et le Collier enchanté*. Elle chercherait le chapitre « amulettes » dans *Magie pour tous et pour tous les jours* et demanderait à Imogène de garder le collier, juste pour voir.

Quand Imogène aurait vraiment l'air épuisée, perdue, à bout de forces, peut-être que Mme Tate finirait par se rendre à l'évidence et mettrait le collier sous clé dans un tiroir. Pour quelque temps. Mais pas trop, je l'aurais parié. Bientôt, le souvenir du désastre causé par le collier dans la vie de sa fille commencerait à s'estomper. Elle oublierait tout, le travail scolaire calamiteux, la façon dont tout le monde s'éclipsait à son approche, le fait que le seul contact de certains livres la plongeait dans la terreur tandis que d'autres, au contraire, l'emportaient tout entière dans un étrange rêve éveillé.

Et, un jour de pluie, le collier sortirait du tiroir. « Juste pour voir, maintenant que tu es plus grande, si tu ne t'en sors pas mieux. » Ou : « On ne sait jamais, peut-être que cette fois il ne te parlera que de choses agréables. »

Mais moi, qui ne suis ni distraite ni fatiguée, je peux ouvrir n'importe quel livre sans tressaillir de frayeur ni le lâcher comme si les pages me brûlaient les doigts. J'avais passé la semaine à lire tout ce que j'avais pu dénicher à propos des anneaux et lampes magiques, miroirs enchantés, épées, bottes, baguettes, bouts de verre et même cailloux ensorcelés. J'avais trouvé une bonne douzaine de livres aux titres comme *L'Amulette au fond du bois*, *Le Talisman d'argent*, *Sacha et le Bracelet enchanté*, ou *Le Pouvoir du béret d'or*.

Et j'avais appris une chose. La seule façon de se libérer, c'était de jeter l'horreur ensorcelée, quelle qu'elle soit, le plus loin possible.

Le plus loin possible. Sans hésiter. Une fois pour toutes, sans regret et pour toujours.

CHAPITRE SEIZE

Alors, je n'ai rien dit à personne. Rien à Maman, qui m'avait fait mes crêpes préférées pour le petit déjeuner, «pour te donner des forces». Rien à Papa, qui avait dû faire sonner son réveil au milieu de la nuit pour m'appeler de Singapour et me souhaiter bonne chance avant que je parte à l'école. Et rien à mes camarades, quand ils m'ont demandé l'un après l'autre en entrant en classe le matin: «Ça va, Mellie?» «En forme?» «Pas trop nerveuse?»

«Juste un peu tendue», c'est tout ce que j'ai dit, comme si je n'avais pour seul souci que la coupe Harries et pas un vol de bijou à préparer et une amitié pratiquement parfaite à gâcher. J'ai gardé mon sang-froid toute la matinée, pendant toute l'heure de cantine et jusqu'à la piscine. Quand Mlle Rorty m'a souri de loin pendant l'Ouverture solennelle, je lui ai rendu son sourire. Je n'ai pas pu m'empêcher d'examiner de loin le conseiller Archibald Leroy, à la recherche de symptômes d'une crise cardiaque imminente, mais je n'ai rien vu d'anormal. Et, quand on nous a envoyés aux vestiaires, juste après ceux de quatrième année, j'ai fait autant de grimaces que les autres derrière le dos de Mlle Rankin, qui tournicotait entre nous, pressant et grondant tout le monde.

– Dépêchez-vous ! Vous croyez que vous êtes les seuls à devoir vous changer ? Allons, les autres attendent ! Surtout, ne laissez rien dans les cabines, une chaussette est vite perdue. Rangez vos affaires proprement sur les bancs.

Son regard était tombé sur les vêtements d'Imogène.

– Proprement et normalement, Imogène, s'il te plaît.

Forcément, ça ne passait pas inaperçu. Imogène avait roulé tous ses vêtements en une sorte de saucisse géante. Bon. Elle avait certainement suivi mon conseil et caché son collier entre ses affaires. D'ailleurs, je n'avais pas besoin de regarder son cou pour savoir qu'elle l'avait enlevé : tout en la sermonnant, Mlle Rankin lui avait posé les deux mains sur les épaules et la repoussait gaiement vers sa pile de vêtements.

Et, une minute plus tard, Maria lui prenait le bras.

– Alors, Immy ? Prête à battre le record du monde ?

– Tu viens ? m'a demandé Imogène.

Quittant la pénombre des vestiaires pour la claire lumière de la piscine, on a traversé toutes les trois le bain de pieds en s'éclaboussant et on a rejoint les autres près du radiateur, où Mme Parkin devait venir nous chercher pour la première grande course.

On n'a pas attendu longtemps.

– Relais interclasses ! Les classes de M. Hooper, Mme Potter et Mme Robinson.

En place ! Une moitié à chaque bout, s'il vous plaît. Une longueur chacun !

Dans notre classe, on met toujours les mauvais nageurs au début, pour en être débarrassé plus vite. Tasj a donc couru la première longueur, un désastre, comme prévu. Ensuite, Colin Hamblebury s'est laissé tomber dans l'eau et a pédalé de son mieux, ce qui nous a encore fait perdre une demi-longueur. Liz n'a pas énormément amélioré la situation. Elle a traversé la piscine, tranquille, sans se presser et sans même prendre la peine de regarder à droite ni à gauche pour savoir où en étaient les autres classes.

Mais Imogène a fait une course superbe. Finalement, ses adversaires étaient Norman Pizarro et Tara Bloor, et aucun des deux n'est particulièrement rapide. Ce qui ne l'a pas empêchée de remonter des kilomètres sur une seule longueur et, quand elle est sortie de l'eau, toute la classe criait et applaudissait.

– Bravo, Immy !

– Bien joué, Miss Sirène !

Elle était aux anges. Et j'étais drôlement contente aussi, parce que cela voulait dire que j'avais raison de faire ce que j'allais faire. Il n'y avait pas dix minutes qu'elle avait enlevé son collier, et voilà ! Elle était déjà complètement intégrée, une petite fille comme toutes les autres. Elle riait, plaisantait et tournicotait autour du radiateur comme une abeille au milieu de son essaim. Je me souviens avoir pensé : « Dans une minute, ils vont lui tripoter les cheveux. » Et, une seconde, je me suis demandé si j'allais être jalouse quand tout serait fini, quand elle ferait partie de la bande et aurait cessé d'être une solitaire comme moi.

Et je me suis répondu non. J'étais certaine que cela me serait égal. Pour être vraiment jalouse de quelqu'un, à mon avis, il faut qu'il soit exactement comme on a toujours rêvé d'être (ou comme on croit déjà être sans que les autres s'en rendent compte).

Mais moi, je n'ai aucune envie d'être,

comme dit M. Hooper, «juste un peu plus grégaire».

Je veux seulement être moi.

Pourquoi Imogène n'aurait-elle pas aussi le droit d'être elle-même? Alors, ça faisait du bien de la voir rire, adossée au radiateur, pendant que Hal tripotait le bout de ses cheveux mouillés; ça me donnait du courage. J'ai eu moins de mal à filer, retraverser les bains de pieds, rentrer dans le vestiaire surpeuplé où plus personne, et surtout pas Mlle Rankin, ne savait qui entrait et qui sortait.

– Pardon... Je peux passer?... Désolée...

J'ai fini par franchir l'embouteillage des cabines et parvenir jusqu'au banc. J'ai jeté un coup d'œil autour de moi, glissé les doigts au milieu du rouleau bien serré des vêtements d'Imogène. J'espère, en tout cas, qu'elle s'y prendra mieux que ça la prochaine fois qu'elle voudra cacher un bijou auquel elle tient. Parce que, là, les petits anneaux de la chaînette me sont pratiquement tombés dans la main.

Et il s'est passé un truc incroyable. J'ai soudain eu l'impression que j'étais déjà sous l'eau, loin, profond, perdue dans un orage de bulles.

– Oh !

J'ai porté une main à ma gorge. Je ne pouvais plus respirer, mes genoux tremblaient.

– Ça ne va pas ?

C'était une petite de deuxième année qui m'avait entendue.

– Tu veux que je prévienne Mlle Rankin ?

J'étais en train de m'évanouir et le collier m'est tombé des mains, droit dans le pli d'une serviette. Du coup, j'ai pu me ressaisir.

– Non, non, ça va, ai-je dit, avant même que la vague de panique ait fini de se calmer.

Maintenant, je n'avais plus le moindre doute, il fallait se débarrasser de l'horrible collier d'Imogène. Je n'ai même pas cherché à savoir à qui était la serviette, j'y ai enfoncé le collier, je l'ai emballé aussi serré que j'ai pu, sans le toucher, et j'ai rebroussé chemin en vitesse vers la piscine, en me frayant un passage au milieu des petits qui sortaient des cabines et encombraient le vestiaire. Qu'est-ce qui me faisait croire que je pourrais intimider un collier d'or si j'avais l'air vraiment décidée, je n'en sais rien. Ce n'est pas dans mes habitudes de parler aux bijoux. Mais là, en traversant le bain de pieds, je me suis entendue lui murmurer d'une voix féroce : « Si tu te crois plus fort que moi, tu te mets le doigt dans l'œil ! »

J'ai entendu une voix derrière moi.

– Ne t'emballe pas, Mel. Ce n'est jamais qu'une course.

Je me suis retournée. Toby Harrison sortait justement du vestiaire des garçons. Toby Harrison, qui aurait certainement gagné la coupe si je n'avais pas été là.

– Je ne parlais pas de toi, ai-je essayé d'expliquer.

Je crois que ça l'a vexé.

– Alors je ne vois pas de qui tu pouvais bien parler !

Vous me voyez essayant d'expliquer que je parlais à un collier ? Impossible. Je ne pouvais que me taire.

– Bonne chance, en tout cas.

Il a souri.

– Bonne chance aussi, Mellie. À tout à l'heure, à l'arrivée… je regarderai derrière pour ne pas te rater !

– C'est ça, mon grand, rêve toujours !

Il a rejoint ses amis et moi, j'ai fourré la serviette sous le radiateur et j'ai couru reprendre ma place à la fin de la queue de ma classe. Qui avait tellement raccourci que les autres commençaient à s'affoler.

– Mais où étais-tu passée, Mellie ?

– On a cru que tu avais disparu !

– On a encore une bonne demi-longueur à remonter. Tu y arriveras, non ?

Est-ce que je saurai remonter une demi-longueur ? Est-ce que le chien sait aboyer ?

J'ai fait de mon mieux. Mlle Rorty m'a dit que c'était la course la plus rapide qu'elle ait jamais vue dans un championnat d'école. J'ai traversé la piscine tellement vite que le pauvre Hugh Gregory croyait encore que sa classe avait gagné quand il a repoussé ses cheveux mouillés de ses yeux, et là, il a vu mes pieds sur le rebord, au-dessus de lui, il m'a vue rire, et il a compris.

– Mais j'étais…

Je n'ai pas entendu la fin de sa phrase, à cause des cris de ma classe.

– Bravo, Mellie !

– Superbe !

– Sauvés !

J'ai replongé dans l'eau, un plongeon arrière des grands jours pour fêter ça. J'avais intérêt à me réjouir maintenant parce que, dans la course pour la coupe, je savais bien que je n'allais pas battre des records de vitesse, pas avec ce virage idiot que j'avais répété la veille, au haut bout du bassin. Quand Mlle Rorty verrait ça, elle cesserait de sourire et de se congratuler. Et elle commencerait à se creuser la tête pour savoir ce qui avait bien pu transformer une course gagnée d'avance en un pari douteux avec moins de trois secondes d'avantage.

Mais je n'avais pas le choix. Et je gagnerais quand même la coupe, à la fin des fins. À ma dernière séance d'entraînement, je m'étais chronométrée cent mille fois. Quatre secondes de plus pour le virage et deux pour reprendre ma vitesse de croisière.

C'était possible. Donc j'y arriverais.

Du reste, heureusement, je n'avais pas le choix, c'était ça ou rien, alors pas de tentation de changer le plan à la dernière seconde! Tout était réglé. Il n'y avait qu'une façon de s'y prendre. Dans une course de trois longueurs, avec départ du côté du petit bain, il n'y a qu'un virage sous les plongeoirs.

Autrement dit, une seule chance.

Chapitre Dix-sept

Mlle Rorty, le sifflet à la bouche, a inspecté la ligne de départ. On était huit, prêts à plonger. Et moi, je grelottais déjà, parce que cela faisait des siècles que j'avais pris ma place pour être sûre d'avoir le couloir qu'il me fallait.

– Prêts ?

Elle a haussé un sourcil en constatant que je n'étais pas dans ma position de départ normale. Mais, au bout d'un milliard d'années, elle a fini par siffler le départ.

C'est là que j'ai perdu mes deux premières secondes.

Essayez vous-même. Un plongeon de départ, facile, un grand élan au-dessus de l'eau, étirée au maximum, une lame de couteau qui fend l'air. Et maintenant, essayez de le faire avec une main contre la hanche pour empêcher une saleté de chaînette d'or glissante et malintentionnée de se faufiler hors de votre maillot de bain et de rebondir sur le carrelage devant tout le monde en criant «Au voleur!» pour vous couvrir de honte à tout jamais.

Vous n'auriez pas pris de risque non plus, j'en suis sûre, et vous auriez fait un plat, comme moi.

Mais, au milieu de l'énorme, de l'épouvantable plouf, je suis quand même arrivée à rattraper la chaînette. Évidemment, je ne pouvais pas faire mon crawl imbattable habituel avec une main fermée pour la retenir. Et cela m'a pris un moment pour remonter devant quatre paires de pieds que jamais au grand jamais je n'avais vus devant moi dans l'eau et pour atteindre le bout du bassin. Arrivée là, j'avais quand même réussi à dépasser la plus lente des jumelles. Mais Toby et Surina étaient loin devant. Même Josh Murphy fendait l'eau énergiquement à ma hauteur. Et il me restait encore à faire mon stupide virage. Vous trouverez peut-être ça bizarre, mais ce qui me tracassait le plus, c'était de penser à la pauvre Mlle Rorty, qui avait perdu tellement de temps à m'entraîner et à m'encourager et qui savait l'importance que cette course avait prise pour moi. Je l'imaginais, désolée, penchée au bord de la piscine, se demandant ce qui avait bien pu arriver à sa meilleure nageuse. D'abord, la maladresse incroyable du plongeon de départ ; ensuite, cette façon pataude de brasser l'eau avec un poing bien serré. Et maintenant, dans une seconde, le pire des virages imaginables.

Mais il n'y avait pas moyen d'y échapper. Au lieu de pirouetter, les jambes bien repliées, pour me relancer d'un coup de pied dans l'autre sens, j'allais encore perdre un temps précieux pour plonger jusqu'au fond du bassin.

Pour laisser tomber le collier, à travers la grille, dans le tuyau de vidange, où il resterait bien tranquille jusqu'à ce qu'on change l'eau de la piscine et qu'il soit aspiré dans les égouts et jusqu'à la mer.

Et loin de nos vies, pour toujours. Comme dans les livres.

Le bord de la piscine était là. Je me suis ramassée en boule et j'ai fait un virage parfait, celui que j'avais appris et répété des heures et des heures. Et, pendant que je tournais, je sais que ça parait délirant mais je sentais le collier s'étirer dans mon poing fermé comme si…

Oui. Comme s'il savait.

Et la bagarre a commencé. Tout autour de moi s'est levé le tourbillon de bulles que j'avais senti dans le vestiaire. Au début, j'ai cru que c'était moi qui les faisais. J'ai cru que j'avais laissé échapper l'air de mes poumons trop vite, trop tôt.

Mais ce n'était pas ça du tout. C'était le collier. Malgré toute la masse d'eau tiède de la piscine, il me brûlait les doigts. Il se tortillait, bouillait, tentait de me distraire, de m'obliger à le lâcher. Au lieu de se laisser enfoncer dans un des petits carrés de la grille de vidange pour couler loin de nous pour toujours, il jouait le tout pour le tout. Cette méchante petite chaînette d'or se défendait de toutes ses forces. L'eau bouillonnait tellement que j'y voyais à peine. Ma main droite me brûlait si fort que, si j'avais eu de l'air à gâcher, j'aurais crié.

D'un coup, j'ai vu rouge. C'était trop injuste. Je m'étais entraînée pendant des mois pour gagner la coupe. Ce n'est pas moi qui avais fait venir Imogène Tate dans notre école. Jamais je n'avais demandé à M. Hooper de la mettre à côté de moi, je l'avais même pratiquement supplié de lui trouver une autre place et un autre guide.

J'avais juste essayé de faire ce qu'ils disaient tous, être plus sociable, ne pas m'enfuir dans mes livres, m'intéresser, pour une fois, à la vie de tous les jours, et le résultat, c'est que tout était gâché. Même la natation, la seule chose à part la lecture qui me plaisait et pour laquelle j'étais bonne, était gâchée.

On ne peut pas parler sous l'eau. On ferait juste une longue traînée de bulles chatoyantes. Mais, si j'avais pu, j'aurais dit tout ça à l'horrible collier d'Imogène, et je lui aurais répété : « Si tu t'imagines que tu seras plus fort que moi, tu te trompes ! »

Faute de mieux, j'ai concentré toutes mes forces pour plonger d'un coup jusqu'au fond. Sans lâcher la chaînette, j'ai traversé la furieuse tempête de bulles et là, enfin, j'ai vu la grille.

J'ai plaqué la main dessus, bien à plat. J'étais sûre que le collier essayerait de s'échapper s'il le pouvait. Je l'ai poussé contre la grille et soudain j'ai senti les chaînons me filer sous les doigts, aspirés dans un des trous. Sous ma paume ouverte, je ne sentais plus que le fermoir, une petite boucle de métal têtue qui s'accrochait encore au bord de la grille.

Et c'est là que j'ai dû prendre la pire décision de toute ma vie.

J'essayais de me dire : « Vas-y, remonte. C'est réglé. Tu l'as fait. Dépêche-toi, maintenant. Tu as encore une chance. Fonce, tu peux encore gagner la coupe. »

Mais le fermoir tenait bon. Et je savais pourquoi. Je pouvais partir, me dire que j'avais réussi et qu'Imogène était sauvée. Mais alors, le collier aurait gagné. Le fermoir s'accrocherait à la grille jusqu'à la séance du soir, l'heure du cours de plongée. Pendant une heure, l'un après l'autre, les élèves de Mlle Pollard plongeraient au fond du bassin. L'un ou l'autre finirait forcément par le voir. Je les entendais d'ici. « Mlle Pollard ! Mlle Pollard ! Regardez ce que j'ai trouvé au fond de la piscine ! C'est sûrement quelqu'un qui l'a perdu pendant le championnat ! »

Elle le prendrait, l'examinerait de près : « On dirait vraiment de l'or ; je le rapporterai à l'école demain. »

Pas besoin d'être sorcier pour deviner la suite. Dès la récréation, le collier serait revenu à sa place au cou d'Imogène, à lui etrangler la vie.

Posée par le Pr Blackstaffe, la question serait simple et claire :

Pour rendre un service vraiment très important à un ami, vous êtes obligée de faire un sacrifice. Que faites-vous ?

A : Je le fais.

B : Je décide que, au fond, ce que je devrais sacrifier est tout aussi important.

Une coupe, ce n'est jamais qu'une coupe. Dans un livre, ça peut être super important. Mais ce n'est pas vraiment sérieux. Pas comme la vraie vie.

Alors, tant pis. J'ai gâché la seconde, ou les deux secondes, que j'avais encore en réserve pour détacher cet odieuse petite griffe butée de la grille de vidange et la pousser au fond du trou. Je n'avais plus d'air, mes poumons étaient en feu mais je suis restée pour la regarder couler, plus bas, encore plus, rageusement, jusqu'à ce qu'elle ait complètement disparu.

Là, enfin, j'ai pu partir, remonter comme une flèche vers la surface. J'ai sorti la tête, pris une goulée d'air immense et je me suis lancée à leur poursuite. Je crois que jamais je n'avais nagé aussi vite. J'ai foncé, croisant les autres qui revenaient déjà pour leur troisième et dernière longueur.

J'ai tourné au moment exact où Surina passait la marque de mi-bassin. Un virage impeccable, rapide et puissant. Au moins, Mlle Rorty serait contente de voir que je n'avais pas oublié toutes ses leçons. Le meilleur virage de ma vie.

Je glissais dans l'eau comme une aiguille dans de la soie. J'ai vu d'abord les pieds de Surina, puis ses genoux et, comme elle commençait à fatiguer, il m'a suffi d'une seule grande brassée pour la dépasser. La respiration suivante, j'ai tourné la tête de l'autre côté pour voir la position de l'ennemi. À ma grande surprise, j'ai vu que l'autre jumelle était aussi déjà derrière moi et que Toby était à portée de la main.

Dans l'eau, je suis une machine. Mlle Rorty dit que quand je m'y mets vraiment, on croit voir travailler les pistons dans le moteur d'un paquebot, ou les valves d'une centrale thermique. J'ai poussé, poussé. Si la piscine avait eu seulement un mètre de plus, sans l'ombre d'un doute, j'aurais gagné la coupe Harries.

Mais le bord était là. Et j'avais perdu.

Chapitre Dix-huit

Ils ont tous été super gentils, je dois le reconnaître. J'étais à peine sortie de l'eau que Mlle Rorty m'a enroulée dans une serviette, si vite qu'à part elle et moi personne n'a su que le coin d'éponge qu'elle passait sur ma figure n'était pas là pour m'essorer les cheveux mais pour essuyer mes larmes de rage et de déception.

Toby n'a pas pavoisé. Il a seulement dit : « Ouf, c'était tout juste. Deux secondes de plus et tu passais, Mel. »

M. Hooper s'est approché et m'a serrée contre lui avant même de tendre la main à Toby. Puis, avec un sourire chagrin, il a blagué :

– Zut, maintenant, il va falloir tirer la pauvre Mme Harries de sa tombe, elle seule a le pouvoir de changer le règlement qui fixe l'âge limite pour sa fameuse course.

Et Maria a dit qu'elle avait vu le chancelier Leroy murmurer quelque chose à l'oreille de sa femme, qui s'était ensuite éclipsée discrètement quelques minutes. Et que, si le tout nouveau prix qu'on venait juste de créer, celui de « meilleur nageur toutes catégories », n'avait pas été attribué, ce n'était pas seulement par erreur. Elle a dit que la piscine avait une réserve de grosses médailles rondes, comme celle qu'il m'a donnée derrière le podium, au cas où il y aurait des courses impossibles à départager.

Bon, au moins, je savais ce qu'ils pensaient tous et ça faisait chaud au cœur. Mais, même si tout le monde me souriait, me tapait dans le dos et me félicitait sur le chemin vers le vestiaire, ce n'était pas ça. Ce que je voulais, c'était la coupe. Et toutes les plaisanteries de

M. Hooper sur l'exhumation de Mme Harries n'y changeaient rien : c'était fini. Fini. Si les organisateurs d'une course doivent en changer les règles pour que vous puissiez gagner, ça ne veut plus rien dire. Non ?

Enfin, ça valait la peine, je suppose. Encore qu'on ne l'aurait pas cru, à voir comment Imogène m'a reçue quand je suis entrée dans le vestiaire.

Au début, elle était juste un peu affolée.

– Mon collier ! Où est-il passé ?

– Il n'est pas dans tes affaires ?

– Nooon !

Elle s'est mise à fouiller frénétiquement dans son rouleau de vêtements, à tout secouer et retourner.

– Il a disparu !

Elle s'est redressée, furieuse. Autour de nous, tout le monde ramassait ses affaires et se dirigeait vers les cabines.

– Attendez ! a crié Imogène. Aidez-moi ! Mon collier a disparu !

Maria, bien évidemment, est arrivée en trombe.

– Mais Mlle Rorty avait dit que…

– Je sais ! a aboyé Imogène. Je sais, je ne suis pas sourde ! Mais Mellie m'a dit…

Elle s'est interrompue, m'a regardée. Sur son visage, on voyait le premier éclair d'un soupçon.

– Mel m'a dit qu'elle était certaine que ça ne risquait rien…

Je n'avais pas le choix. J'étais obligée de le prendre mal.

– Tu veux dire quoi, exactement ?

– Tu le sais très bien.

– Non. Pas la moindre idée.

Je lui ai tourné le dos. J'espérais sincèrement qu'elle allait arrêter, qu'après la déception que je venais de souffrir, elle me laisserait tranquille. Je me trompais.

– Tu sais forcément, Mellie.

J'ai essayé de jouer l'indignation.

– Moi ? Pourquoi moi ?

– Parce qu'il n'y a que toi, a-t-elle sifflé, qui savais que mon collier était caché dans mes affaires.

Son regard s'est durci.

– Au fait, maintenant que j'y pense, c'est même toi qui m'as suggéré de l'y laisser, dans mes affaires.

Là, j'ai commencé à paniquer un peu.

– Attends ! Qu'est ce que j'en ai à faire, moi, de ton stupide collier ?

Ses yeux lançaient des éclairs, sa voix est devenue plus forte.

– C'est ce que j'aimerais bien savoir, justement ! En tout cas, il t'intéresse depuis le début. La première fois que tu m'as adressé la parole, c'était pour me complimenter de mon collier. Tu m'as même demandé si c'était vraiment de l'or et tu as dit que tu étais sûre et certaine que personne ne te ferait jamais un cadeau d'une valeur pareille.

Il y a des miroirs au-dessus des bancs, tout autour des vestiaires. Même les gens qui nous tournaient le dos ont dû me voir rougir. Tout l'énorme vestiaire sonore se taisait.

On n'entendait que nous deux.

– Attends, tu me crois vraiment capable de l'avoir pris ?

Elle m'a regardée droit dans les yeux.

– Oui, a-t-elle dit. Oui. J'en suis même sûre. Je pense que tu l'a caché quelque part et que tu reviendras le chercher en douce plus tard. Et je pense que c'est justement pour ça que tu as perdu ton idiote, idiote de course. Tu étais trop occupée à faire tes plans pour me voler mon collier, ou alors tu te sentais trop coupable de l'avoir fait et tu n'as pas pu te concentrer sur la course.

Là, j'ai vraiment été tentée de saboter tout ce que je venais de faire. J'ai failli lui dire : « Je ne l'ai pas, ton collier, mais si tu veux savoir, pendant que je faisais mon idiote, idiote de course, j'ai vu quelque chose briller au fond du bassin, juste à côté de la grille de vidange. » Ç'aurait tout réglé. Ils auraient retrouvé le collier et le lui auraient rendu en un clin d'œil.

La tentation était forte. Vraiment, vraiment forte. Mais j'ai serré les dents et j'ai pensé à ce qu'aurait dit le Pr Blackstaffe s'il m'avait entendue penser. Au moins, j'étais sûre, maintenant, que je n'avais pas perdu la coupe Harries pour rien. Elle ne retrouverait jamais le collier. C'est simple : elle ne lit pas assez. Si elle lisait plus de livres, elle saurait que les gens vivent chacun leur vie, une vie chaque fois différente, rien qu'à eux. Chacun a sa propre idée de ce qui est vraiment important, sa propre façon de s'y attacher, et ses propres mots, le cas échéant, pour en parler. Les gens ne traversent pas leur vie comme des pions de plastique sur un plateau de jeu, à peine assez différents les uns des autres pour qu'on ne les confonde pas mais exactement pareils à l'intérieur. J'aurais voulu la secouer, lui crier : « Hé ! Regarde-moi ! Ouh, ouh ! C'est moi, Mélanie ! Mel, tu te souviens ? La fille à côté de qui tu as été assise en classe pendant cinq semaines, que tu appelais ton amie. Celle qui s'est entraînée pendant trois ans de suite pour gagner cette course. Tu crois vraiment que cette fille-là aurait été capable de tout laisser tomber juste pour saisir l'occasion de voler un stupide collier qu'elle ne pourrait même pas porter ? Sérieusement ? »

Mais qu'est-ce que j'aurais gagné à pousser Imogène à réfléchir ? En insistant trop, elle aurait fini par risquer de trouver la raison pour laquelle quelqu'un comme moi pouvait réellement vouloir lui prendre son collier.

Et, là, elle aurait été tout près de deviner où le collier était passé.

Non. Tant que je ne serais pas sûre qu'on avait changé l'eau de la piscine, il fallait me taire.

Chapitre Dix-neuf

Mais tous les autres ont parlé. Toby Harrison a tout relancé, sans faire exprès, en racontant qu'il m'avait croisée à la sortie des vestiaires et qu'on s'était souhaité bonne chance.

– Alors, a dû dire un amateur de ragots du genre de Maria, Imogène avait peut-être raison, finalement. Qu'est-ce que Mellie faisait dans les vestiaires dix minutes après les avoir quittés ?

Et les langues ont commencé à se délier. Quelqu'un s'est souvenu que j'avais disparu pendant presque tout le relais interclasses. Ensuite, ç'a été le tour de la petite fille dont j'avais emprunté la serviette sans lui demander la permission et qui s'est mise à raconter qu'elle l'avait retrouvée cachée sous le tuyau d'eau chaude. Est-ce qu'Imogène avait pensé à chercher son collier dans ce coin-là ?

C'est alors que M. Hooper s'en est mêlé.

– Bon, Mel, a-t-il dit dans mon dos à la sortie de l'assemblée du lendemain matin. Il faut qu'on bavarde un peu, toi et moi, non ?

– Oui, je crois.

Il ne m'a pas emmenée dans la classe. Il m'a seulement posé une main sur l'épaule et m'a guidée vers le bout du couloir, qui était vide. Puis il s'est adossé à la porte.

– Parlons un peu de ce collier, qu'Imogène n'aurait jamais dû avoir sur elle, d'ailleurs...

Présenté comme ça, c'était un peu moins dur de relever la tête et de le regarder en face.

– Je sais ce que tout le monde pense, ai-je dit, et je sais ce qu'Imogène raconte. Mais, franchement, je n'ai jamais voulu de son collier, et je ne l'ai pas.

Pas un mensonge là-dedans, j'ai donc pu

le dire sincèrement. Cela s'entendait dans ma voix et il m'a crue.

– Bon, mais pourquoi es-tu retournée dans le vestiaire ?

– J'étais tellement tendue que je... j'ai dû...

Je me suis arrêtée au milieu de ma phrase et il a cru que j'étais trop gênée pour la finir.

– Et la serviette de la petite Fay Tucker ?

– C'est moi qui l'ai prise, ai-je avoué. J'étais gelée, je tremblais des pieds à la tête, alors, quand je l'ai vue posée là... Je sais que ce n'est pas bien, mais la grande course allait commencer et j'ai pensé...

– Tu as pensé que c'était important et que, si tu avais pu lui demander, elle aurait dit oui ?

Exactement, c'était superimportant... il n'avait pas dit quoi, alors, dans un sens, ce qu'il venait de dire était la pure vérité.

– Oui, à peu près.

Il m'a regardée bien en face.

– Bien. Écoute, Mel. Je te connais depuis que tu es entrée ici, en première année et, autant que je sache, tu n'as jamais rien chipé à personne, pas même une gomme. Sauf quand tu prenais quelque chose sous le nez de son propriétaire pour déclencher une bagarre. Je vais donc décider de te croire.

– Eh bien, vous serez le seul, ai-je répondu sans le vouloir.

Il a haussé les épaules.

– Pas si sûr que ça. Évidemment, si c'était un livre qu'elle t'accusait d'avoir volé… mais un collier ! Non, ce n'est pas si sûr que ça.

J'ai soudain repris espoir.

Il avait raison, après tout. J'ai réfléchi : « Je suis dans cette école depuis des années, tout le monde me connaît. Imogène n'est là que depuis quelques semaines, et ils sont habitués à la trouver un peu bizarre ; au fond, peut-être qu'ils se feront facilement à l'idée qu'elle a pu se tromper. » Et c'est exactement ce qui s'est passé. Maria m'a raconté, après coup.

– Tu sais, quand M. Hooper t'a envoyée à la salle des maîtres avec ses clés? Tu avais à peine fermé la porte qu'il a commencé à nous expliquer que c'était vraiment difficile à croire que quelqu'un qui n'avait jamais pris la peine de porter un bracelet, des boucles d'oreilles, le moindre bijou, se mette à s'intéresser brusquement à un stupide collier.

– Il a dit «stupide»? Tu es sûre?

– Bon, pas exactement. Mais c'est ce qu'il voulait dire, je t'assure, ça se voyait. Imogène était furieuse. Comme si, rien que parce que sa mère et elle sont convaincues que tu as volé son précieux collier, on était tous obligés de penser comme elles. Elle est restée congelée, l'air furibond. Et, à la récré, elle a dit qu'elle allait demander à sa mère de la remettre dans son ancienne école.

– Sans blague?

– Je t'assure. Elle dit qu'après le championnat elle a croisé un groupe de camarades de son ancienne classe et qu'ils ont été vraiment gentils avec elle. Et que, eux, ils la croient.

– Alors, elle change d'école à la fin du trimestre ?

– Non, avant. La semaine prochaine, à ce qu'elle dit. Elle ne veut plus nous voir, elle dit qu'elle ne viendra même pas demain.

– Déjà !

C'était sorti tout seul. Parce qu'il me restait encore une dernière chose à faire. J'ai laissé Maria sur place et j'ai filé tout droit au coin lecture. Sur l'étagère du haut, coincé entre *Le Livre d'or des vampires* et *Histoires d'horreur II*, j'ai trouvé *Lucy Fainlight*.

C'est un livre qui n'a l'air de rien. Sur la couverture, il y a juste un dessin d'une jeune fille en robe à crinoline, l'air parfaitement anodin, le genre de personne à qui il ne pourra jamais rien arriver d'intéressant. Le livre est tellement vieux qu'il a ces caractères minuscules qui découragent tous les lecteurs parce que les pages semblent interminables.

Les paragraphes durent des jours entiers et il n'y a que trois images, cachées sous du papier de soie. À mon avis, si ce livre est encore dans la bibliothèque, c'est uniquement parce c'est la grand-mère de la directrice qui l'a donné.

Mais c'est le livre le plus terrifiant que j'aie jamais lu. Épouvantable. Horrifique. Dès la première page, on a la chair de poule. Je ne vais pas vous raconter maintenant ce qui arrive à la pauvre Lucy Fainlight. Mais c'est vraiment une histoire atroce.

Devant la porte de la classe, j'ai buté sur Toby.

– Tu peux me rendre un service ? S'il te plaît, passe ce livre à Imogène.

Il m'a jeté un regard intrigué.

– La cloche a sonné, tu n'entres pas ?

– Pas tout de suite.

Il a haussé les épaules et a pris le livre puis, en rejoignant sa place près de la fenêtre, l'a posé devant Imogène.

– Tiens. De la part de Mellie.

J'ai pensé que c'était la gaffe, qu'elle n'allait même pas le regarder. Mais non. Le livre a paru l'intéresser, elle l'a pris et, avec sa vivacité habituelle, l'a retourné pour voir l'illustration de la couverture. De la porte de la classe, je l'observais et j'attendais. Ses doigts ont touché la couverture. Et il ne s'est rien passé. Rien de rien. Pas de pâleur soudaine. Pas de tremblement des mains. Pas de regard affolé. Ç'aurait aussi bien pu être un chou-fleur, ce livre, à en juger par l'émotion qu'il lui causait.

Alors, j'ai compris que j'avais réussi. La fille qui avait su, rien qu'en effleurant du dos une photo épinglée au mur, qui allait gagner la coupe Harries, n'avait pas le moindre début d'une intuition des horreurs qui attendaient Lucy Fainlight. Elle était libre. Elle n'aurait plus à faire semblant de ne pas savoir des choses qu'elle savait. Elle n'aurait plus à assumer des demi-mensonges et des décisions impossibles (être obligée, par exemple, de me laisser m'inquiéter pour le gentil M. Leroy parce qu'elle ne pouvait pas se résoudre à m'avouer la vérité : ce n'était pas lui qui ne serait pas sur le podium pour me tendre la coupe, mais moi qui n'y serais pas pour la prendre !)

Libre d'avoir des surprises. De lire des livres sans en connaître la fin d'avance. De retourner à son ancienne école, ravie de voir comme il lui était rapide et facile de se faire des amis. Elle serait heureuse, maintenant que les malheurs de l'avenir ne pourraient plus s'infiltrer comme une pluie empoisonnée dans les jours du présent pour lui gâcher la vie.

Elle serait libre.

Et moi aussi. Je n'arrivais pas à y croire. Libre de disparaître avec un bouquin. Libre de me submerger dans la lecture. Libre de l'obligation de m'asseoir à côté de quelqu'un au déjeuner, pour les sorties et aux assemblées. Libre de me déconnecter des bavardages et d'oublier les autres, comme avant, comme toujours. Libre d'être moi.

M. Hooper m'a démasquée en moins d'une demi-journée.

– Mellie, tu as l'air absolument aux anges. Allons, avoue ! Tu es ravie d'avoir de nouveau ce pupitre vide à côté de toi !

Il a soulevé le couvercle. J'avais colonisé le casier pour stocker la moitié des nouveaux livres de la bibliothèque.

Il m'a regardée, a haussé un sourcil.

– C'est du simple bon sens, ai-je dû expliquer. Il faut bien les lire pour savoir exactement dans quelle section les mettre.

– Je vois. Ce n'est pas uniquement que tu te prépares pour une longue et heureuse convalescence, après l'affreuse épreuve d'avoir eu une amie pendant quelques jours.

Quelques jours ! C'était trop fort !

– Elle est restée six semaines pleines !

– Oh, Mellie, Mellie... a dit M. Hooper en secouant la tête. Ce n'est pas la première fois que je me le demande... Qu'allons-nous pouvoir faire de toi ?

– Rien, ai-je dit fermement. Ne vous inquiétez pas. Je vous l'ai dit mille fois. Je l'ai dit à tout le monde. Je suis heureuse quand je lis. Je ne connais pas de meilleure compagnie qu'un livre.

– Imogène ne te manquera pas, si je comprends bien ?

– Non. Vraiment. Pas du tout.

Et c'est vrai. Je ne regrette pas qu'elle soit partie. J'espère que tout va bien pour elle. J'espère que sa mère s'est remise de sa déception. Je me suis sentie un tout petit peu gênée une fois ou deux, gênée surtout de me mêler de leurs affaires, c'est vrai. Mais, si j'étais de nouveau devant la même décision, je reprendrais A, quand bien même le Pr Blackstaffe en personne viendrait me sermonner. Je referais exactement ce que j'ai fait.

Tout compte fait, sincèrement, il n'y a qu'une chose que je regrette. Et c'est que, la première fois que je tombe dans la vie réelle sur quelque chose de presque aussi intéressant que dans un livre, c'est moi qui y ai mis fin. C'est moi, si vous voulez, qui ai interrompu l'histoire.

Je n'ai jamais fait une chose pareille avec un livre. Mais bon, je vous l'avais dit depuis le début. Je suis comme ça. J'ai toujours préféré lire.

FIN